산책 다녀오겠습니다

EBC & Mt. Kala Patthar 5,545m

산책 다녀오겠습니다

펴 낸 날 2024년 01월 02일

지 은 이 구연미
펴 낸 이 이기성
기획편집 서해주, 윤가영, 이지희
표지디자인 서해주
책임마케팅 강보현, 김성욱
펴 낸 곳 도서출판 생각나눔
출판등록 제 2018-000288호
주   소 경기도 고양시 덕양구 청초로 66, 덕은리버워크 B동 1708호, 1709호
전   화 02-325-5100
팩   스 02-325-5101
홈페이지 www.생각나눔.kr
이 메 일 bookmain@think-book.com

• 책값은 표지 뒷면에 표기되어 있습니다.
 ISBN 979-11-7048-654-1 (03810)

산책 다녀오겠습니다

EBC & Mt. Kala Patthar 5,545m

구연미

생각나눔

목차

1. 활 시위를 당기다

1. 고고씽 네팔 카트만두　　　　　　　　　　　10
제1일. 인천- 카트만두

2. 화살을 쏘아 올리다

Part 1

상도도 쥐뿔도 없는 게 EBC 등정?　　　　　　23
트레킹 Day 1. 카트만두-루클라-팍딩

하루 만에 고도를 800m 이상 높이며 걷다니　　41
트레킹 Day 2. 팍딩-몬조-남체

눈안개 속이라 에베레스트 뷰는 보이지 않고　　53
트레킹 Day 3. 남체-에베레스트 뷰 호텔-캉중마

악, 나 말에 깔려 죽는 건가!　　　　　　　　62
트레킹 Day 4. 캉중마-풍기텡가-텡보체-팡보체

Part 2

천국의 계단을 넘어서야 딩보체가 나오려나　　　　　　　　75
　트레킹 Day 5. 팡보체-소마레-딩보체

히말라야 여신의 주제를 무슨 말로 어떻게　　　　　　　　83
　트레킹 Day 6. 딩보체-나카르상-딩보체

죽음이 가득한 투클라 패스를 한 삶이 지나간다　　　　　　92
　트레킹 Day 7. 딩보체-투클라-로부제

버킷리스트, 꿈에서나 그리던 EBC 등정 순간　　　　　　100
　트레킹 Day 8. 로부제-EBC-고락셉

5,545m 칼라파타르 정상 매서운 추위 속에서　　　　　　113
　트레킹 Day 9. 고락셉-칼라파타르-페리체

Part 3

인간이 얼마나 기괴한 단순함과 미혹 속에 사는지!   **122**
　　트레킹 Day 10. 페리체-풍기텡가-캉중마

지금까지 이런 맛은 없었다. 이것은 스테이크인가 타이어인가!   **129**
　　트레킹 Day 11. 캉중마-남체-몬조

다시 없을 나만의 멋진 버킷리스트가 완성되는 순간   **136**
　　트레킹 Day 12. 몬조-루클라

3. 쏜살을 찾아서 오다

1. 내가 완전히 다른 세상으로 건너왔음을   **146**
　　제14일. 루클라-라메찹-카트만두

2. 빗속 랄릿푸르 파탄 더르바르 광장을 거닐며   **154**
　　제15일. 카트만두- 파탄 관광-트리부반 공항

1. 활 시위를 당기다

덩치가 작은 데에다가 팔심을 거의 쓸 수 없으니 더 그렇다. 이번에는 네팔까지 캐리어를 바로 보낼 수 있어서 심신이 가볍기만 하다.

비행기 티켓 잘 챙겨오라고 남편이 당부한다. 작년에 별생각 없이 비행기 티켓을 버려서 마일리지 적립을 못 했다. e-티켓 전자항공권 발행 확인서로는 적립할 수 없었다. 여권과 카드 잘 챙기라고 거듭 강조한다. "그럼 나는? 나는 두고 티켓과 여권만 챙겨 와?" 혼자 떠나는 미안함을 괜한 너스레로 대신한다. 그가 허허 웃는다. "참나, 챙기는 이가 돌아와야 그것들도 따라오지." 지당한 말이니 명심해야지. 별말 없이 둘이 꼭 안는다. 안전하게 다녀오라는, 잘 다녀오겠다는 무언의 약속을 서로에게 진심을 담아 전하면서. 무소의 뿔처럼 홀연히 떠나는 반쪽이 출국장 안으로 사라질 때까지 그가 손을 흔들다가 뒤돌아간다.

8시경, 인천공항에 도착한다. 공항 로비로 나갈 필요가 없다. 대기 의자에 느긋하게 앉아서 기다리다 바로 네팔행 비행기에 탑승하면 된다. 여유롭다. 면세점 거리를 천천히 해찰하다 한참 만에 스타벅스를 찾아낸다. 줄이 길어도 전혀 문제가 안 된다. 뜨거운 커피와 샌드위치를 시킨다. 샌드위치 한 입과 커피 한 모금에 느긋한 시간을 듬뿍 뿌려 음미한다. 대형 캐리어에서 해방되니, 등에 붙은 40L짜리 배낭은 존재감마저 상실한다.

10시 반 넘어 우리 팀원 같아 보이는 OB[2]들이 차례로 등장한다. 여자 사람[3] 하나도 눈에 띈다. 16일간 네팔 쿰부 히말라야 EBC와 칼라파타르 등정을 함께할 길벗들이다. 서로 간단한 인사 정도만 한다. 앞으로 함께하면서 어떤 일이 벌어질까? 궁금하다. 12명 이상이면 국내 가이드가 동행하지만 우리는 10명이라 네팔까지 각자 가야 한다. 드디어 출국 수속이 시작된다.

코로나 종식 선언으로 보복 해외여행이 급증해선지 출국장이 북새통이다. 갑자기 검색대에서 나를 제지한다. 당황스럽다. 걸릴 게 없는데! 배낭 속 50㎖ 스킨과 구강청결제가 문제였다. 액체가 50㎖이면 문제없지 않나 물으니, 청년 검수원, 플라스틱병에 ㎖가 명시되어 있지 않아서 그렇단다. 앞으로는 약국에서 파는 ㎖가 명시되어 있는 병을 사용하라고 친절히 알려주면서 통과시켜 준다. ㎖ 표시가 없는, 하나에 오백 원 하는 다○○ 제품이 1패를 하는 순간이다.

부산하다. 검색대 여기저기서 삐삐거린다. 검수원 발바닥에 불이 난다. 나는 작년 코로나 시기에 산티아고와 동유럽을 다녀온 경험이 있어서 그나마 여유롭다. 2차 검색대 통과하고 겨우 탑승구 앞에서 한숨을 돌린다. 그때 어

2 팀원은 총 10명. 8명이 오십 대에서 칠십 대 남자들이라 올드보이라 부른다.
3 여자 사람은 단 2명. 내가 육십 대고, 내 짝이 될 이는 사십으로 팀원 중 최고 막내다. 둘은 모녀간의 나이 차를 보이나, 16일간 동고동락하다 보니 합이 잘 맞는 찐친 길벗이 되었다.

떤 탑승객이 내 배낭 아래 지퍼가 열렸다고 알려준다. 엥, 좀 전 배낭 검색 후 지퍼를 안 닫았네! 40L 배낭은 공간이 깊어 아래 물건을 쉽게 꺼내도록 아래쪽 전체에 지퍼가 달려 있다. 다 흘리고 빈 배낭만 지고 네팔 갈 뻔했다고 주위에서 놀리며 웃는다. 어리바리한 내가 웃음을 선물한다. 마침내 네팔행 비행기에 오른다.

1시간쯤 지나니 치킨 토스트와 화이트 와인이 나온다. 기내식에 비행시간을 발라서 맛있게 먹는다. 영화 2편, 「돈 워리 달링」과 「헤어질 결심」을 차례로 본다. 「돈 워리 달링」은 판타지 호러물이라 재미있게 봤다. 「헤어질 결심」은 영화관에서 두 번, 넷플릭스에서 한 번, 이번이 4번째로 보는 거다. 여전히 가슴이 찡하다. 내가 애정하는 박찬욱 감독의 명작 영화. 헤어짐으로써, 자신을 철저히 파괴함으로써 사랑을 이루려고 한 애절한 여자 주인공의 러브스토리. 남녀는 애틋한 눈빛만으로, 스치는 서로의 냄새만으로, 옷깃을 여며주고 머리카락을 만지는 손길만으로도 깊이를 가늠할 수 없는 사랑을 나눈다. 장면 하나하나의 미장센조차 인상적인 그림이 되는 영화. 주제곡으로 깔리는 정훈희와 송창식 콜라보의 농익은 노래 「안개」는 관객을 안갯속에서 쓸쓸히 헤매다 길을 잃게 한다. 사랑, 참으로 쓸쓸하다.

비행기 마지막 꼬리 부분에 두 자리가 비어있다. 몸이 고달프면 체면도 없다. 이동해서 웅크리고 드러눕는다. 몸집이 작은 게 유리해지는 순간이다. 7시 30분경 간식을 준다. 바나나와 피자 중 바나나를 픽해서 시간을 줄이려고 조금씩 베어 먹는다. 스튜어디스가 "남는 피자 하나 드릴까요?" 했는데, 남은 담요로 잘못 알아듣고 달라고 하니 피자 한 조각을 건네준다. 어, 이게 아닌데. 750㎎ 레모나C 세 포, 1,000㎎ 비타민C 한 알. 총 3,250㎎의 비타민C를 털어 넣으며 힘든 비행시간을 버틴다. 오른손 검지가 아린다. 어김이라고는 추호도 없는 내 몸의 경고다. 9시간의 비행. 마침내 네팔 카트만두 트리부반 국제공항에 도착한다. 비가 추적추적 내리고 있다.

공항이 단출하다. 넓지도 않은 입국장 중앙에 가부좌한 불상이 자리 잡고 있다. 인상적이다. 화려한 색채로 코끼리·해태·용이 그려진 커다란 광배 옆에 크게 "NEPAL THE BIRTHPLACE OF LORD BUDDHA"라 써놨다. 힌두교가 87%, 불교가 8%인 네팔 수도 국제공항 입국장 한가운데 굳이 불상을 설치하고 네팔이 붓다 탄생지임을 강조하는 이유는 뭘까? 인도 북부에 불교 4대 성지가 모두 있는 게 아니라, 붓다 탄생지는 바로 네팔 땅에 있음을 어필하는 듯했다. 국경지대에서 인도와 영토 분쟁 중인가? 좀 있다 가이드에게 듣는다. 인도가 불교 4대 성지 모두 인도에 있는 것처럼 말하고 있어 지금도 다투고 있다고 한다. 검색해 보니 붓다 탄생지인 룸비니는 현재 네팔 국경지대에 위치하긴 해도 엄연히 네팔 영토에 포함된다. 네팔인 대다수가 힌두교도지만 불교를 배척하지 않고 힌두교에 불교를 융합하여 믿고 있다고 한다. 그렇다면 불교를 믿는 이가 대부분이라고 볼 수도 있다. 아하, 그래서 붓다 탄생지가 네팔임을 강조하고 있는 거네.

비자 발급 요금 30불을 낸다. 검색원은 자리보전만 하고 앉아서 짐을 제대로 보지도 않고 그냥 통과시킨다. 많이 기다리지 않아서 좋긴 하다. 검색원 태도에서 묻어나는 저 당당함은 뭐지? 신령스러운 히말라야 여신을 뵈러 먼 네팔까지 온 자가 설마 불경한 걸 가져왔겠나 하는 믿음 때문인가? 아님, 험준한 설산을 걸어 올라야 할 자가 쓸데없는 걸 지녔겠나 하는 확신 때문일까? 그의 태도가 나태함이 아니라 은근한 자신감으로 느껴지는 것은 순전히 내 기분 탓인가.

캐리어를 찾으러 간다. 수하물 컨베이어 벨트 밖으로 내 캐리어가 내동댕이쳐져 있다. 고정하는 벨트는 사라지고 없다. 그래도 캐리어가 무사해서 다행이다. 현지인 메인 가이드가 우릴 반갑게 맞이한다. 이름이 매우 길다. 자기 이름 앞부분인 '차트라'만 기억하라 한다. 16일간 참 많이도 불러댄 이름이다. 차트라는 우리말이 좀 서툴러도 선량함이 묻어나 왠지 느낌이 좋다. 공항 입구에 삐주룩이 서서 비를 피하며 호텔 셔틀버스를 기다린다. 어린 시절 우산 없이 슬레이트 지붕 아래서 비가 잦아들기를 기다리던 순간이 스쳐 지나간다.

버스에 오르자 가이드가 화려한 주황빛 메리골드 꽃목걸이를 걸어주며 격하게 환영 인사를 한다. 환한 꽃목걸이로 진심 어린 환대를 받는 순간, 행복감이 훅 밀려온다. 비행의 피로가 한순간 날아간다. 카트만두 거리가 검뿌옇다. 밤비 탓이리라. 금방 5성급 하얏트호텔에 도착한다.

호텔 로비 중앙을 대리석으로 된 초르텐– 불탑 – 여러 기로 정갈하게 꾸며났다. 독특하다. 호텔 로비에서 룸메 에린과 처음으로 제대로 된 인사를 나눈다. 씩씩하고 상냥하고 열정적인 이로, 멋진 길벗이 될 것 같다. 둘이 꽃목걸이를 걸고 활짝 웃으며 기념사진을 찍는다. 드디어 둘은 한배를 탄, 이인 일조 드림팀이 된다. 로비 한쪽에 연주자들이 앉아서 전통악기로 투숙객을 환영하는 아름다운 네팔 전통곡을 연주하고 있다. 그중 「레썸 삐리리」라는 네팔 전통가요 한 곡은 알아들을 수 있어서 반갑다. 우리나라 아리랑에 해당하는 네팔의 유명한 전통가요다.

가이드가 카고 백과 침낭을 가져가라 한다. 침낭은 다 깨끗하다고 했지만 그래도 눈치껏 좀 더 깨끗해 보이는 거로 고르려고 애쓴다. 무게와 부피 땜에 부담이 되어서 침낭을 다들 빌린다. 12일간 내 잠과 휴식을 책임질 소중할 물건이니 이왕이면 잘 고르고 싶다. 겨울용 침낭이라 무게가 꽤 나간다.

캐리어와 카고 백과 침낭을 얼른 방에 갖다 놓고는 레스토랑으로 가서 뷔페로 늦은 저녁을 먹는다. 현지식 위주의 뷔페다. 피곤하기도 하고 무얼 골라 어떻게 먹어야 할지도 모르겠다. 대충 영양가 있어 보이는 것으로 픽한다. 채소와 생선과 육류 살코기를 이름 모를 수프와 함께 허겁지겁 먹는다. 그래도 짝지가 곁에 있어서 맘이 편하다. 어서 먹고 방으로 돌아가 쉬고 싶다.

한 시간가량 짐을 정리하느라 애를 먹는다. 캐리어에 있는 짐을 카고 백과 배낭에 옮기는 작업이다. 캐리어는 호텔에 맡겨두었다가 트레킹이 끝나고 나서 찾으면 된다. 내일 아침 루클라행 경비행기를 탈 때 엄격한 짐 무게 제한이 있다. 카고 백과 배낭 무게를 합쳐 15kg을 넘기면 안 된다. 낭패다. 캐리어 무게만 해도 15kg 정도다. 게다가 대여받은 침낭 무게가 추가로 포함되면 더욱더 난감해진다. 우모복과 등산화 등 무게가 나가는 것은 최대한 직접 착용하고 꼭 필요한 것이 아닌 물건은 골라내어 캐리어에 두고 가야 한다. 속옷이나 양말도 최소한으로 줄이고 양껏 준비해 온 행동식도 일부는 두고 가야 겨우 무게를 맞출 수 있다. 꼭 필요한 것도 추려내서 두고 가야 하니 마음이 심란하다. 그래도 최대한 무게를 줄여본다. 내일부터는 롯지에서 제대로 씻을 수가 없다. 호텔 욕실에서 샤워하는 이 순간이 참으로 소중하게 느껴진다. 피곤한데도 쉬이 잠들지 못한다. 침대 이불 속에서 하루를 대충 기록하면서 뒤척이다가 까무러져 잠이 든다.

2023. 03. 17. 금

2. 화살을 쏘아 올리다

Part 1

상도도 쥐뿔도 없는 게 EBC 등정?

4시 반에 절로 깬다. 호텔 창밖에서 고양이 떼가 앙칼진 소리로 난투극을 벌이는 바람에 송신해서 더 잘 수가 없다. 룸메의 꿀잠을 방해할까 봐, 이불 속에서 헤드랜턴을 끼고 아침 기도를 한다. 이번 히말라야 EBC와 칼라파타르 트레킹은 내 생애 가장 큰 모험이라서 더 간절히 염원한다. 아침에 루클라행 경비행기를 타야 하기에 간밤에 짐을 싸뒀는데도 다시 무게를 줄이느라 부산을 떤다.

행동식은 최대한 챙겨야겠기에 우모복 주머니란 주머니에 다 쑤셔 넣는다. 짐이 단출한 에린에게 부탁해서 가능한 하나라도 더 챙겨 넣는다. 누가 나를 밀치면 자빠져서 일어나지 못할 정도로 부피가 있는 옷을 있는 대로 껴입는다. 짐 무게를 줄이기 위한 꼼수다. 경비행기라 어쩔 수가 없다. 초과될 시 짐만 다른 날 따로 올 수 있으니 트레킹에 차질이 생긴다. 아무튼 15kg을 맞추어야 한다. 계체량 통과를 앞두고 피눈물 나게 감량해야 하는 권투선수 심정이다. 아직도 환대하는 마음이 가득 담긴 메리골드 꽃목걸이. 아쉽지만 고이 말아 숙소 선반에 내려놓고 나온다.

5시 20분경. 호텔에서 아침 도시락을 챙겨 준다. 정리한 카고 백과 캐리어를 로비에 내놓고 셔틀버스에 오른다. 비는 그쳤으나 안개가 자욱하다. 비행기가 뜰 수 있으려나? 어스름 새벽시장에 일거리를 구하러 나온 네팔인들. 삼삼오오 모여 모닥불을 쬐고 있다. 어디든 열심히 살아가는 서민의 모습은 비슷하다. 루클라행 경비행기는 이른 아침 시간이 그나마 하루 중 가장 이륙하기 좋은 때라 한다. 트리부반 공항 국내선 루클라행 대합실은 온통 트레커로 북적인다. 딱 시골역 대합실이다. 짐은 단체라서 한꺼번에 계측한단다. 다행히 무게가 초과하지 않아서 무사히 통과한다. 좀 졸았는데 다행이다. 검색원이 짐을 제대로 보지 않고 그냥 통과시킨다. 차트라가 도시락을 먹으면서 기다리란다. 의자에 앉아 계란을 꺼내 막 까서 입에 넣으려는데 빨리 비행기 타러 가야 한다고 한다. 도시락 뚜껑을 덮고 미친 듯이 배낭을 둘러메고 비행장으로 달려간다. 이륙시간이 정해져 있어도 날씨가 이때다 싶으면 빨리 출발하기도 하고 아니면 아예 출발 못 하기도 하니까.

활주로에 떡하니 서 있는 18인승 경비행기. 너무 작아서 놀란다. 신기하다. 내가 타본 국내선 비행기 중 가장 작은 게 강릉행 국내선 50인승 경비행기였다. 승객 18명 정원의 루클라행 경비행기 십여 대가 활주로 가장자리에 죽 늘어서 있다. 간밤의 비로 안개가 자욱한 공항 활주로. 그나마 바람이 불지 않아 다행이다. 좌석번호가 따로 있는 게 아니라 타는 대로 앉는다. 다 타고 나니 좁은 내부가 꽉 찬다. 스튜어디스와 기장, 총 20명이 탔다. 요란한 엔진 소리와 함께 젖 먹던 힘을 다해 장난감 같은 경비행기가 우당탕 쿵탕 공중으로 날아오른다.

굉음이 창을 뚫고 들어와 머릿속 고막을 찢는다. 앞좌석을 꽉 붙들고 머리를 숙인다. 앞좌석의 네팔 여인, 큰 소리로 경을 외며 기도하다가 급기야 머리를 창에 대고 까무러친다. 그 광경이 더 무섭다. 귀를 틀어막고 몸을 웅크리며 기도한다. 제발 무사히 루클라 공항에 도착하게 해달라고. 조금 지나니 창밖에 쿰부 히말라야의 비현실적인 설산 비경이 파노라마로 펼쳐진다. '으으억' 겁에 질린 신음 소리가 '와아아' 환희의 감탄사로 바뀌는 순간이다. 여기저기서 카메라 셔터를 누른다. 드디어 내가 히말라야 여신을 영접하게 되는구나. 미친년 널뛰듯 간사한 마음이여! 한 이십 분 지났나? 갑자기 고도를 낮추는 요란한 소리가 난다. 착륙하려나 보다.

해발 2,840m에 위치한 루클라에 있는 텐징 힐러리 공항[4]. 세계에서 가장 위험한 공항이다. 히말라야산맥 비탈을 깎아 만든, 경사지며 좁고 짧은 활주로는 길이가 고작 527m다. 활주로 너머는 절벽이고 별다른 유도장치도 없다. 경비행기는 오직 기장의 눈과 손에 의해서 착륙한다. 비가 오거나 강풍이 불거나 눈이라도 내리면 줄줄이 이·착륙이 취소되는 공항. 아랠 내려다보니 공포로 기함할 지경이다. 내 목숨이 저 기장 손에 달려있구나. 식은땀이 난다.

---

4   1953년 에베레스트를 최초 등정한 트레커 힐러리와 셰르파 텐징을 기려 지은 공항 이름이다.

가족 생각이 절로 난다. 올가을에 태어날, 딸의 귀한 아기 얼굴은 제발 볼 수 있게 해달라고 빌고 또 빌었다.

착륙하려나 보다. 오 마이 갓, 경비행기가 분해될 듯 엄청난 굉음을 토하더니 경사진 활주로를 향해 미친 듯 달려간다. 앞좌석을 붙잡고 얼마나 용을 썼던지! 우르르 쿵쾅거리더니 거짓말처럼 비행기가 착 선다. 휴우, 살았다. 히말라야 여신이 당신을 그리며 뭣도 모르고 길을 나선 나를 어여삐 받아주셨구나. 감사하고 감사하다. 사실 올 일월에 네팔 포카라 공항에서 비행기 사고가 있었다. 괜찮은 척해도, 주위의 염려에서 촉발된 두려움이 무의식 속에 짙게 깔려있었나 보다. 출발 전부터 루클라 공항에 무사 착륙하는 것이 이번 트레킹 성공 여부의 일차적 관문이라 생각했다. 절반 이상 성공한 기분이다. 가이드가 말한다. 어제는 비 때문에 비행기가 온종일 결항 됐다고. 우리는 참 운이 좋은 거라고. 바로 인정한다.

비행장 인근 롯지. 이층 로비에서 따끈한 레몬 진저티와 아침 도시락을 먹으며 여유를 찾는다. 롯지 안팎을 찬찬히 둘러본다. 통나무 벽에 다양한 국적의 트레거가 쿰부 히말라야 EBC와 칼라파타르를 다녀간 흔적을 기념 티·손수건·국기에 메모나 사인으로 남겨놨다. 벽 전체가 알록달록한 캔버스다. 나도 저들처럼 무사히 다녀와서 환희심이 가득한 멋진 춤 한 판을 출 수 있기를. 한국인이 다녀간 흔적이 유독 더 눈에 띈다. 동족 의식인 건가.

창밖에는 히말라야의 높고 낮은 설산이 아침 안개 속에 푸른 아우라를 띠며 루클라에 첫발을 들인 나를 지그시 내려다본다.

다음 비행기로 식자재가 오는 바람에 오전 내내 여기서 여유롭게 보낼 수 있다. 이른 점심을 먹고 팍딩으로 출발한단다. 우리의 처음은 참으로 한갓지다. 차를 마시며 둘러앉아 자기소개를 한다. 고산 트레킹 경험이 많다고 자처하는 남자가 주류를 이룬다. 소개하자면 먼저 형제팀. 형님은 멤버 중 최고령 칠십 대 후반으로, 길고 흰 수염을 휘날리는 도인 풍모의 어른이다. 도를 닦고 수련하는 분으로 히말라야 여신과 접신하고자 왔다 한다. 놀랍다. 얼굴이 조선 중기 문신 윤두서 자화상 속 얼굴이랑 닮았다. 눈빛은 윤두서보다 부드럽다. 윤도인 선생이라 부른다. 동생은 칠십 대 초반. 형님을 잘 모시는 점잖은 분으로 저음의 목소리가 참 듣기 좋다.

친구팀. 둘 다 칠십 대 초반이다. 한 사람은 말을 함부로 하고 불평불만이 많은 자다. 수십 년 지기 친구 역시 약간 덜 하긴 해도 비슷하다. 투덜 씨라 한다. 친구팀은 형제팀과 표정부터 풍기는 분위기까지 완전 다르다. 한쪽은 편안하고 부드러운데, 다른 쪽은 늘 상기되어 불편해 보인다. 친구팀은 트레킹 시작부터 끝날 때까지 나와 에린과 운명적인 식사 팀이 된다. 식사 자리가 3·4·3 구성이라 빼박 멤버다. 기본적인 예의를 중시하는 에린과 나는 끝나는 날까지 힘들었다. 혼자 온 육십 대 후반. 남의 말은 잘 듣지 않고 자기 의견만 계속 옳다고 우겨서 나올 박사라 한다. 태극기를 배낭에 꽂고 다니며 가이드나 포터나 팀원에게도 나누어준다. 태극기를 사랑하는 자다.

육십 대 초반으로 자칭 고산 전문가란 자. 말이 많고 입이 거칠다. 얼굴빛마저 거무튀튀하다. 까매도 해맑은 얼굴이 있는데 전혀 그렇지 않다. ABC, MBC[5]에 다녀왔고 백두대간 종주도 수차례를 했으며, 지리산 설악산은 기본이고, 해외 고산 어디 어디를 등정했다는 둥 큰 소리로 떠들며 대화를 주도한다. 공감 능력은 전혀 없고, 혼자 주목받기를 원하는 나르시시스트적인 성향[6]을 띤 인간이다. 끊임없이 떠들어 저절로 떠버리가 된다. 오십 대 중후반 남자 둘. 서로 산행 경험이 만만치 않음을 겨루는 듯하다. 오십 대 후반. 잡다한 상식을 수시로 화제 삼아서 상식 씨라 한다. 오십 대 중반. 죽을 때까지 잘 노는 게 꿈이라 해서 놀자 씨라 한다.

5 ABC는 4,130m의 안나푸르나 베이스캠프. MBC는 3,700m의 마차푸차레 베이스캠프 약자이고. EBC는 5,364m의 에베레스트 베이스캠프 약자다. ABC, MBC는 EBC 등정 전에 트레커들이 많이 거쳐 가는 등정 코스라 한다.

6 자신에 대해서 과대평가하고 남에게 인정받고 주목받고 싶은 욕구가 강하며, 타인에 대한 공감력이 거의 없는 인격을 이른다.

이 세 남자는 트레킹 내내 거의 하루도 빠짐없이 술을 마시는 멤버다. 영산(靈山)에 대한 기본 예의와 동행하는 팀원에 대한 배려심이 별로 없다. 가이드가 고산증을 피하려면 술을 마시면 안 된다고 강조해도 전혀 문제없다고 큰소리친다. 헐! 걷기와 읽기를 좋아하는 나. 길을 나서는 것은 도서관에서 다양한 책을 만나는 것과 같다고 생각한다. 이번 히말라야 도서관에서는 처음으로 접하는, 다양하다 못해 희한한 책을 보게 된다. 소장하며 두고두고 읽을 가치가 있는 책도 있지만, 더러는 쓰레기통으로 바로 보내야 할 책도 있다. 팀원의 첫인상, 이번 트레킹이 끝날 때까지 별반 바뀌지 않았다.

여자 사람 둘. 에린[7]과 나는 졸지에 고산 설산 경험도 없는, 뭣도 모르고 EBC를 오르려는 자가 된다. 산티아고 순례길이나 해파랑길을 800km 이상을 걸은 경험, 지리산이나 제주 올레길 400km 정도를 혼자 걸어낸 경험, 국내·외 산행 경험 등. 나름 걷기에 일가견이 있다고 자부하며 살았다. 그런데 떠버리가 EBC와 칼라파타르 등정은 그런 것과는 차원이 다르다며 큰소리로 겁주며 말한다. ABC, MBC도 거치지 않고 바로 EBC 등정에 나선, 상도(常道)도 쥐뿔[8]도 없는 사람 취급한다. 그런데 어쩌지! 에린과 나, 둘 다 만만찮은데. 그 친구도 나름대로 다양한 여행 경험을 했고, 나 역시 지구력과

---

7   에린 리는 버클리 음대를 나온 싱어송라이터, 음대 입시 코칭, 성평등 활동가다. 다방면에 재능을 보이는, 세계시민의 자질을 갖춘 강하고 밝은 에너지의 사람이다.

8   쥐뿔은 '쥐의 불알'에서 온 말로, 보잘것없거나 규모가 작은 것을 비유적으로 이르는 말이다. "쥐뿔도 없다"는 별로 가진 것이 없다는 뜻인데, 내가 생물학적으로 xx니 그게 없는 것은 분명한 사실이다.

끈기는 누구한테 뒤지지 않는데.

얼굴 맞대고 시작한 자기소개는 일방적인 토크로 끝난다. 가급적 말을 덜 섞는 게 상책이겠다. 가까이 교류하고 싶은 사람은 형제분 정도다. 이번 트레킹, 녹록하지 않겠다. 어쩌면 너무나 다른 저들이 내게 에너지를 만드는 트리거가 될 수도 있겠다고 생각한다. 니체도 『우상의 황혼』에서 말한다. 수많은 대립의 대가를 지불해야 사람이 풍요롭게 된다. 영혼이 느긋하지 않고 평화를 갈망하지 않는다는 전제하에서만 사람은 언제나 젊음을 보전하게 된다고. 저들이 나를 풍요롭고 젊게 만드는 매개체라 여기자. 빌런이 있어야 주인공이 더 빛날 수 있지. 지금껏 살아오면서 내가 엄청 매너 있고 배려심 많은 사람 속에서 운 좋게 살아왔구나 싶다. 감사한다.

차트라가 함께할 스태프를 차례로 소개한다. 다 네팔 현지인이다. 먼저 보조 가이드 간짜와 니마. 간짜는 키는 작지만 다부진 체격으로, 고산 경험이 많은 자다. 까무잡잡한 피부에 큰 눈과 입과 코가 늘 웃고 있다. 우리말로 대화도 가능한, 유쾌하고 활달한 스마일맨이다. 걸으면서 친한 길벗이 된다. 니마는 막내 가이드로, 주로 후미를 책임진다. 희멀건 얼굴에 비쩍 마른 큰 키로 말이 거의 없다. 우리말을 잘 알아듣지도 못하는 데다 내성적이다. 그래도 한 번씩 슴슴한 미소를 지어 보인다. 가이드 셋 다 선한 인상이다.

다음에 메인 셰프와 주방 보조를 소개한다. 메인 셰프는 네팔에서 주최한 한국요리 경연대회에서 입상한 한국요리 달인이란다. 아니나 다를까 여기서 우리는 한국에 있을 때보다 더 맛있고 다양한 한식 요리를 끼니마다 접하며 행복했다. 마지막으로 포터를 소개한다. 마부와 젊은 포터들. 10명에 달하는 이들 스태프의 도움이 없다면 이번 등정은 불가능하다. 고맙고 소중한 이들이다. 인간은 관계 속에서 도움을 주고받으면서 살아가는 운명 공동체임을 쿰부 히말라야 루클라에서 새삼 확인한다.

11시경에 나온 이른 점심. 한식의 대표 메뉴인 비빔밥이다. 갓 지은 흰 밥에 얹은 계란프라이와 김가루, 배추김치와 나박김치, 무채나물과 산나물을 참기름과 고추장 넣고 쓱쓱 비벼 먹는 맛이란! 환상적이다. 잘 먹어야 잘 걷고 고산증도 이겨낼 수 있다. 트레커에겐 불변의 진리다. 출발 직전 로비에서 한껏 웃으며 사진을 찍는다. 이번 트레킹 사진 중 가장 편안한 표정이다. 당연하다. 고행이 시작되기 전으로 설렘과 기대로만 가득 차있는 순간이니까.

한 시간가량 여유 시간이 있어 커다란 EBC 지도와 일정표를 테이블에 꺼내 이미지 트레이닝을 한다. 사실 출국 한 달 전부터 매일 일정표를 숙지하고 에베레스트 등정 관련 동영상을 수시로 챙겨 보곤 했다. EBC 상세 지도를 보면서 트레킹 기간 동안 매일 어디까지 걷고 그곳 고도가 얼만지, 산길 경사도는 어떤지, 거리는 얼만지 알아보는 일을 놀이처럼 즐겁게 했다. 네팔 쿰부 히말라야로 떠나기 전 혼자 준비하는 시간이 주는 재미가 얼마나 쏠쏠한지 남들은 잘 모른다. 호기심과 열정으로 가득 차있는 나를 지켜보던 남편. 웃으면서 한마디 한다. "드디어 구연미 혼자 놀이가 시작됐네." 한다. 맞다. 트레킹의 즐거움을 배가시키는 가성비 짱인 나만의 놀이다. 유익하고 재미 또한 쏠쏠한 놀이다.

EBC 전체 루트와 오늘 코스를 꼼꼼히 살핀다. 이런 준비 과정이 단순한 열정과 호기심 때문은 아니다. 밑바닥에는 태생적인 부실함과 선행불안으로 인한 두려움을 어떻게든 이겨내려는 내 나름의 의지가 깔려있다. 그래서 더 차근차근 빠짐없이 준비한다. 한담을 나누던 멤버들이 하나둘씩 슬며시 다가와 본다. 누구는 자기는 일정표를 잘 안 본다, 누구는 구글 GPS나 음성내비가 다 알려주는데 종이지도는 뭐 하려고 보느냐 한다. 그러면서도 팔짱을 끼고 곁눈질하며 본다. 지도에 루트나 주변 설산 이름을 견출지에 한글로 꼼꼼히 표시해[9] 둔 걸 보고 살짝 놀라는 눈치다. 네팔어로 적힌 지도라 찾아보기가 어려워서 쉽게 찾을 수 있도록 한글로 표시해 둔 거다. 나는 전형적인 아날로그형 인간이다. e-book보다 종이책을, 구글 GPS보다 종이지도를 더 좋아한다. 자동차 운전보다는 두 발로 걷기를 더 좋아한다. 개인의 취향이니 존중해 주면 좋으련만. 이때부터 투덜 씨와 주당 멤버의 경계와 시기심이

---

9 MBTI 성격유형 상 나는 엔프제(ENFJ)다. 열정과 카리스마를 지닌 활동가 타입으로, 사람들에게 도움을 주고 싶어 하고 사전 계획을 잘 세운다. 여가 시간 혼자 보내는 것을 두려워하지 않는다.

발동한 것 같다. 어쩔 수 없다. 각자 제 마음이니까.

　　12시가 좀 지나 드디어 트레킹이 시작된다. 발걸음이 가볍다. 루클라 상가 골목길 위에 오색 룽다[10]가 펄럭인다. 루클라 골목길이 우리에게 무사히 잘 다녀오라고 환영 퍼레이드를 벌이는 건가! 첫걸음이라 상큼하고 발랄하다. 상가는 한적한데 트레커와 말과 좁교[11]로 좁은 골목이 북적인다. 골목길에

10　오색기를 수평으로 걸어둔 것을 '룽다'라 하고, 깃발처럼 수직으로 꽂아둔 것을 '타르초'라
　　한다. 오색은 차례로 파랑은 우주나 하늘, 하양은 공기 바람, 빨강은 불, 초록은 물, 노랑
　　은 땅을 상징한다. 룽다는 바람결에 불운은 가고 행운이 오기를 바라는 염원을 담고 있다.
11　인간의 필요에 의해 야크와 물소를 이종교배한 동물로 평생 일만 하기 위해 태어난 동물
　　이다.

커다란 마니석[12]이 당당히 한 자리를 차지하고 있다. 마음속으로 간절히 기도하면서 걷는다. 이번 EBC와 칼라파타르 등정의 꿈이 무사히 이루어지기를. 네팔인의 마니석에 대한 끔찍한 사랑을 여기서부터 확인한다. 이건 단지 시작일 뿐이다. 걸으면서 얼마나 많은 마니석을 보았는지 모른다.

12 마니석은 '옴마니반메훔'을 새겨둔 돌이나 바위를 이른다. '마니'는 '보석', 궁극적으로는 '정진·수행하는 마음'을 뜻한다. 육도 중 '마니'는 아수라계가 포함된 인간계를 이르는데, 신이 되지 못한 인간들이 모든 번뇌에서 벗어나 해탈의 경지에 이르고 싶은 염원을 담은 경구로, 쿰부 히말라야 산길 곳곳에 무수히 널려있다.

우리나라 같으면 좁은 골목길 한가운데 바위가 놓여있다면 포클레인을 동원해서 바로 들어내고 길을 넓혔을 거다. 그런데 히말라야 설산을 신성시하며 사는 네팔인들은 나무 하나, 돌 하나도 함부로 대하지 않는다. 우주 만유에 다 저마다의 신이 깃들어 있다고 여긴다. 집 앞에 널려있는 돌에 정과 끌로 정성을 다해 '옴마니반메훔', 여섯 자[13]를 반복해서 양각한다. 그런 다음 글자는 흰색, 바탕은 검은색을 칠해 글자가 도드라지게 한다. 오고 가면서 늘 붓다의 현신인 관세음보살에게 기도한다. 저들에게 마니석은 절절한 신심 그 자체다. 마니석은 우주의 기운으로 태어나 이생을 살면서 보석 같은 마음으로 수행하여 마침내 진흙 속에서 피어난 연꽃처럼 지금 여기서 마음의 평화를 이루고자 하는 염원을 담고 있다. 함부로 대할 수 없는 성물이라 다들 왼쪽으로 돌아서 합장하고 기도하면서 간다.

브레인스토밍이 일어난다. 오호, 이럴 수가! 남편과 내 이름 속에 '마니'와 '반메'가 들어있다. 남편 이름 해주(海珠)는 바다 구슬, 즉 '보석'으로 '옴마니반메훔' 여섯 자 중 '마니'에 해당한다. 그리고 내 이름 연미(蓮美)는 '연꽃이 아름답다'니, 헐, '반메'에 해당하네. 이런 기막힌 인연이! 순간 지적 발견의

---

13 '옴마니반메훔' 여섯 자는 각각 육도─ 옴: 천상계, 마: 아수라계, 니: 인간계, 반: 축생계, 메: 아귀계, 훔: 지옥계 ─를 나타낸다. 따라서 육자진언 옴마니반메훔은 육도의 윤회를 벗어나 해탈의 경지에 이르고자 하는 염원을 담고 있다. 그런데 『천수경』에는 육자진언이 '옴 마니 반메 훔'으로 띄어져 있다. 이때는 '옴: 우주'의 기운으로 태어나 이 생을 살아가면서 '마니: 보석'같이 맑고 깨끗한 마음으로 수행 정진하여 마침내 '반메: 진흙 속에서 피어난 연꽃'처럼 '훔: 지상'에서 마음의 평화를 이루고자 하는 염원으로 해석되기도 한다.

기쁨으로 흥분과 환희심에 젖어든다. 이때부터 남편은 마니 주야, 나는 반메 미야[14]라 부른다. 쿰부 히말라야 길에서 육자진언의 뜻을 알고 그대와 나의 기막힌 인연 고리를 찾아낸 기쁨, 어디에다 말할 때가 없다. 내 친구 니체가 『인간적인 너무나 인간적인 I』에서 인간은 근본적으로 어떤 사물이 유쾌함이든 고통이든 우리와 관련되지 않는 한은 아무런 흥미를 느끼지 못한다고 했다. 인간은 애초부터 비논리적인 존재라더니 맞는 말이다. 지금 내가 그렇다. 귀국해서 남편에게 은밀히 알려줬다, 흐흐.

여기서부터 바퀴 달린 차 종류는 눈 씻고 찾아볼 수가 없다. 자동차도 자전거도 오토바이도 모두. 오로지 네 발 달린 말과 좁교와 두 발로 걷는 인간뿐이다. 속도를 두려워해서 운전을 안 하는 나 같은 인간에게는 날것 그대로의 이 길이 참 좋다. 완연한 봄 날씨다. 초입의 산길은 제주 올레길처럼 예쁜 돌담에 둘러싸인 포시러운 흙길이다. 연두와 초록 새잎을 단 봄 숲에 햇살이 오선지가 되고 산새가 음표가 되어 신나는 봄의 환상 교향곡을 만들고 있다. 바라보다가 나도 슬쩍 온쉼표 하나 찍어두고 간다.

걷다 보니 파상 라무 셰르파를 기리는 기념문이 나온다. 양쪽 기둥에 그녀의 상반신 조형물이 놓여있다. 네팔 여성 최초로 에베레스트를 등정한 셰르파. 하산 시 부상 당한 동료를 돌보다가 사망한 그녀의 살신성인(殺身成仁)한

---

14 부모님이나 친척 그리고 언니는 날 부를 때 언제나 '미야'라 부른다.

정신을 기리고 있다. 그 상황에서 나라면 동료를 위해서 기꺼이 목숨을 바칠 수 있을까? 난 아닌 것 같다. 영웅이 되긴 애당초 글러 먹은, 내 한 몸 건사하기도 힘든, 작은 여자 사람일 뿐이다. 현실을 직시하니 그녀에게 더한 존경심이 인다.

계곡 아래 두드코시강[15]이 유유히 흐르고 있다. 강물이 백옥 빛깔이다. 제주 협재나 금능 앞바다 물빛을 닮았다. 가이드가 알려준 강 이름이 내 귀에는 '두꼬시'로 들려 계속 '두꼬시강'이라 부르고 다녔다. 오른쪽으로 눈 덮인 쿠숨캉구르 주봉이 팍딩 마을까지 나를 품어 안고 간다. 계곡은 한봄이고 산 정상은 한겨울이다. 두드코시강 백옥 물 빛깔은 히말라야 설산이 변성퇴적암이나 화강암이라서? 아니면 설산 빙하가 녹은 물이라서 그런가? 모르겠다. 맑고 고와서 그저 아름다울 뿐이다, 빛깔도 물소리도 다 곱다.

강을 건너려면 눈앞에 놓인 기다란 철교를 지나가야 한다. 저 아래 강물도 출렁출렁, 쇠다리도 출렁출렁, 내 몸도 출렁출렁, 내 마음은 더 출렁출렁. 아, 무섭다. 말도 좁교도 나도 다 부들부들 떨며 건넌다. 엉성한 쇠다리 바닥 틈으로 빠져 강물로 떨어질 것 같다. 작은 구멍인데도 공포심이 그 구멍을 내 몸보다 크게 만든다. 빛바랜 오색 룽다가 나부끼는 쇠 난간을 붙잡고 한발 한발 나아간다. 앞서가는 이나 네발짐승이 남긴 진동이 고스란히 내 몸의 진

---

15 네팔 동쪽 에베레스트 산 아래를 끊임없이 흐르는 강으로, 우윳빛 강이라는 뜻이다.

동과 겹쳐 중심을 흩트린다. 겨우겨우 다리를 건넌다. 뒤돌아본다. 아뜩하다. 스틱을 겨드랑이에 끼고 무거운 배낭을 메고도 놀라 자빠지지 않고 건너온 내가 대견하다. 뒤따라오던 팀원이 돌아보며 웃으라 한다. 찰칵, 기념사진을 찍어준다. 나 지금 떨고 있니? 앞으로 많은 철교를 건너가면서 서서히 고도를 높여가겠지.

저기 2,610m에 위치한 팍딩마을 롯지가 보인다. 약 8㎞를 4시간 정도 걸었다. 루클라가 2,840m에 위치하니까, 오늘은 봄 날씨에 서서히 낮아지는 내리막길을 짧게 걸은 거다. 워밍업 코스로 딱이다. 팍딩 스타, 롯지 이름이다. 연노랑으로 새롭게 단장한, 이층 롯지, 외관은 예쁘다. 따뜻한 레몬 진저티 한 잔으로 첫날의 노독과 긴장을 푼다.

처음으로 맞이한 롯지 이인실 방. 예상은 했지만 현타가 온다. 좁은 방에 놓인 협탁, 커다란 창에 달린 커튼은 외풍 막이가 아니라 그저 단순한 가림

막이다. 카고 백과 배낭을 내려놓으니 운신하기가 어렵다. 드디어 고행길에 들어섰구나! 즐겨야 될 텐데. 아니라도 어쩔 수 없다. 현실을 받아들이자. 서늘한 침대 위에 침낭을 꺼내 편다. 그래도 허리를 펴고 휴식을 취할 수 있으니 얼마나 좋냐. 가벼운 두통과 미열이 있다. 두통약을 먹고 침낭에 들어가 잠시 쉰다는 게 가물가물 쓰러져 잠들었다. 간짜가 저녁 식사가 끝나가는데도 내가 나타나지 않으니 찾으러 와서 깨운다. 고산증일까? 그냥 감기몸살 기운일까?

식사가 거의 끝나가고 있다. 걱정들 하며 괜찮은지 묻는다. 자고 나니 좀 낫다고 했다. 삼겹살과 배추·상추 쌈으로 거룩한 저녁 밥상이다. 내 몫으로 고기 한 접시를 따로 내어준다. 두 시간가량 죽어 잔 게 도움이 됐는지 두통이 가라앉았다. 보약이라 생각하고 삼겹살을 야채 쌈에 싸서 먹는다. 사실 입에 꾸역꾸역 밀어 넣은 거다. 고산 설산 트레킹은 못 먹으면 끝이다. 두통이 가시니 그래도 살 것 같다.

로밍을 해왔는데 롯지에서 와이파이가 안 된다. 예상했던 거다. 남편에게 톡이 안 오면 히말라야 고산이라 그런가 보다 하고 걱정하지 말라고 했다. 사실 나는 밖에 나오면 최소한의 소식만 전한다. 혼행은 혼자만의 공간과 시간 속에서 나만의 자유로운 고독을 즐기고자 함이 아닌가! 에린은 자동 디지털 디톡스가 되겠네 한다. 보온병에 오차물을 받고 뜨거운 물주머니를 안고서 썰렁한 방으로 간다. 세면대에선 찬물만 나온다. 오늘부터 머리 감기는 언감생심. 그래도 얼굴과 몸은 물티슈로 꼼꼼히 닦는다, 뜨거운 찻물을 좀 묻혀서. 거친 혓바닥으로 제 몸을 구석구석 핥는 한 마리 낭만 길고양이가 된다. 둘이 두런두런 얘기를 주고받다가 잠잘 준비를 한다. 9시에 불을 끄고 침낭 안으로 들어간다. 자다 깨다를 반복한다. 지퍼를 열고 머리맡에 둔 보온병의 따뜻한 찻물을 따라 마시며 한기를 달랜다. 한 시간 간격으로 깨다가 새벽녘에야 겨우 잠이 든다.

03. 18. 토

하루 만에 고도를 800m 이상 높이며 걷다니

트레킹 Day 2. 팍딩—몬조—남체

새벽 5시경에 깬다. 우모복을 덮어쓰고 헤드랜턴에 의지해 침낭 안에서 기
도한다. 밤새 기온이 내려가서 엄청 춥다. 고도가 높아지면 더하겠지. 방 안
은 한데랑 엇비슷하다. 침낭 밖으로 머리를 내밀고 잤다간 감기 들기에 십
상이다. 체온 유지를 못 하면 낭패다. 잠을 설쳤는데도 정신은 맑다. 보왕삼
매론, 몽수경, 감사기도는 암송하지만, 천수경은 길어 못한다. 천수경만 따로
떼서 가지고 왔다. 이번 쿰부 히말라야 EBC와 칼라파타르 등정이 심리적
으로 꽤 부담이 됐나 보다. 부담은 불안으로 이어지고, 불안은 다시 두려움을
불러일으킨다. 그러니 미약한 나는 붓다를 향해, 히말라야 여신을 향해 더욱
더 간절히 기도할 수밖에 없다.

6시에 가이드가 배달해 준 따끈한 진저티. 알람을 대신한다. 기분 좋게
침낭을 정리하고 배낭을 꾸린다. 7시, 아침 식사 시간이다. 미역국에 계란프
라이, 두부찌개, 김, 버섯무침, 마늘쫑무침. 맛있고 든든하다. 미역국은 아
무리 먹어도 질리지 않는다. 삼칠일 동안 하루 네댓 끼를 반찬 없이 주구장
창 먹어대던 미역국이라 보기만 해도 질릴 텐데. 아이 둘 다 더운 시기에 낳

41

았다.[16] 더운데 제대로 씻지 못해 온몸에 땀띠까지 났다. 당시에는 산모가 출산하면 아무리 더워도 당분간 못 씻게 하고 자극적인 반찬도 못 먹게 했다. 찬이 없거나 무른 반찬으로 미역국에 흰 밥만 먹었다. 집집이 좀 다를 수는 있지만 대체로 그랬다. 친정집에서 산후조리 할 수가 없어 우리 집에서 했다. 힘들었다. 입맛 없다고 미역국을 물리칠 수 있는 상황이 아니어서 말없이 꾸역꾸역 먹었었다.

삼칠일 - 21일 - 동안 매일 아침, 조그만 상에 밥과 미역국, 흰 실과 가위 돈 등을 차리고는 시모가 정성껏 비손했다. 삼신할매에게 아기의 명운을 간절히 비는 기도였다. 고생하면서 정든 맛이라 그런지 언제 먹어도 맛있다. 게다가 미역국 먹은 날은 왠지 생일 같은 기분이 들기도 한다. 나이 먹고 애들이 커서 자립하니 점점 자유로워진다. 하루하루가 생일이라 여기며 산다. 나이 드는 기쁨 중 하나는 자유로운 시간에 비례하여 자유의지가 조금씩 더 깊어지고 단단해진다는 거다.

---

16 첫딸은 음력 7월 중순 생으로 내 생일날 태어난 참으로 인연 깊은 아이다. 초가을이나 당시 늦더위가 극성을 부려 무지 더운데 제대로 씻지도 못해서 고생했다. 임신 기간 내내 입덧하고 온갖 임신 증후군에 시달려서 힘들었다. 태어날 때도 난산이어서 나도 애도 둘 다 고생했다. 아이를 더 낳고 싶지 않았다. 근데 뜻하지도 않게 막내가 생겼다. 일곱 살 터울의 음력 4월 하순 생 아들이다. 이때도 초여름이긴 하나 무더웠다. 박사 논문 준비 기간에 생겨서 정말 어찌할 바를 몰랐다. 그런데 놀랍게도 저도 살고 엄마도 살리기 위해 입덧도, 어떠한 임신 증상도 보이지 않았다. 열 달 동안 배 속에서 의젓하게 버티고 있다가 수월하게 태어난 아이다.

차트라가 678을 기억하라 한다. 6시에 기상, 7시에 아침 식사, 8시에 출발을 뜻한다. 간밤에 비가 내렸나 보다. 안개가 자욱하다. 보온 상 판초를 걸치고 걷는다. 몸에 예열이 될 무렵, 판초를 벗고 걷는다. 앞산 시퍼런 히말라야 삼나무들이 황갈색으로 매끈하고 널찍한 암벽을 에워싸고 있는 풍경이 우리나라 강원도 산세와 흡사하다. 2,610m에 위치한 팍딩 마을, 지금은 포근한 봄날이고 여기는 연초록빛 봄산 그 자체다. 길 한쪽에 오색 룽다 여섯 줄이 길게 늘어져 펄럭이고 있다. 잘 걸으라고 행운의 기를 불어넣어 준다. 팍딩에서 2,835m의 몬조까지는 시나브로 높아지는 길이라 그다지 힘들지 않다.

왼쪽 저 멀리에는 꽁데 주봉이, 오른쪽 저 멀리에는 탐세르쿠 주봉이 하얀 목련 꽃잎 사이사이로 순백의 설산 위용을 마음껏 펼쳐 보인다. 산길 위라 새의 눈으로 조망한다. 조감도(鳥瞰図) 하나. 푸른 하늘 아래 새하얀 설봉, 그 아래 진록의 히말라야삼나무숲에 에워싸인 골 깊은 계곡에, 백옥 빛깔 강물이 굽이굽이 흘러가는 진경산수화 한 점. 봄과 겨울이 한데 어울려 신묘한 아름다움을 자아낸다. 나는 봄 새일까 겨울 새일까? 보라매일까 솔개일까?

어느덧 몬조로 향하는 철교를 건넌다. 건널 때마다 긴장한다. 굵은 강삭 난간이 있어서 다리가 끊어질 염려는 절대로 없다. 굳이 난간을 붙잡지 않아도 된다. 그럼에도 기어이 난간을 붙든다. 안전의 표상으로 튼튼한 난간을 설치했건만, 쫄보는 온몸의 감각을 곤두세워 다리를 건넌다. 왜 이러지? 안전 욕구가 좀 지나친가? 고소공포증 때문인가? 암튼 쇠다리를 건널 때마다 꽁지 빠진 새처럼 덜덜덜 떨면서 간다. 어이구!

깎아지른 벼랑 가운데도 옴마니반메훔을 빼곡히 새겨두었다. 고개 들어 바라보기조차 힘든 저 높은 곳에 사람이 어떻게 올라가서 저걸 새겼을까? 죽음의 공포마저 넘어선 인간의 신심! 믿음의 힘은 참 세다. 가파른 돌계단 옆에 네팔 국화인 랄리구라스 나무 두 그루가 있다. 소박하면서도 화려한 꽃차례. 저를 보면서 거친 숨 가라앉히고 가라 한다. 이리 가까이서 보기는 처음이다. 한 그루는 붉게 피어 선운사 동백을 닮았고, 다른 한 그루는 연분홍 빛깔로 지리산 철쭉을 닮았다. 나올 박사가 지나가면서 난리블루스라 부르면 기억하기 좋다 한다. 잘 안 떠오르면 다시 물어보면 되지. 굳이 예쁜 이름 랄리구라스를 난리블루스라 부르는 건 네팔 국화에 대한 예의가 아니다. 듣는 랄리구라스 기분 나쁘겠다. 하하.

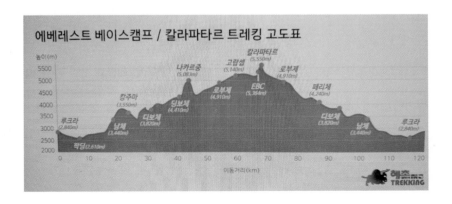

몬조에 도착해서 점심을 먹고 차를 마시면서 휴식한다. 알록달록한 야채와 고기가 듬뿍 든 카레밥에 두부김치찌개와 계란말이. 알찬 점심상에 오전의 피로가 온데간데없다. 몬조에서 남체 바자르 가는 길은 급경사 계단길이라서 준비를 단단히 한다. 남체 고도가 3,440m이므로 팍딩 고도 2,610m를 고려하면 오늘 하루 만에 고도를 800m 이상 높이는 거다. 고산증이 올 위험이 크다. 물론 사람마다 상황마다 다 다르긴 하지만. 더 천천히 쉬엄쉬엄 올라가야겠다. 측면 지도[17]에서 본 가파른 경사가 긴장감을 한껏 유발한다. 무릎보호대를 죄고 스틱을 움켜쥐면서 심호흡하고 출발한다.

사가르마타[18] 국립공원 입구에 화려한 장식의 출입문이 있다. 알록달록한 단청과 금빛 지붕. 그 위에 녹야원을 상징하는 사슴 두 마리와 중앙에 초전 법륜지를 상징하는 마크— 마름모를 둘러싸고 있는 동그란 원 모양 —가 설치되어 있다. 이상하네. 사르나트— 녹야원 —는 인도 북부 바라나시에 있는데, 왜 여기다 붓다의 초전 법륜지 녹야원을 상징하는 장식물을 만들어 놨을까? 인도와 네팔 두 나라 사람 모두 붓다의 4대 성지[19] 기운을 조금이라도 더 받고 싶어서 그런가? 사가르마타 국립공원은 하산하면서 보기로 하고 그냥 지나간다.

17 트레킹 전문 여행사 혜초의 쿰부 히말라야 일정표 속에 게재된 측면 지도다.
18 에베레스트의 네팔식 이름이다. 중국식 이름은 초모랑마. 현재 네팔에서는 사가르마타라
    는 원래 이름을 되찾기 위해 다방면으로 노력 중이라 한다.
19 붓다의 4대 성지는 붓다의 생애 중 중요한 사건이 일어난 4곳을 이른다. 탄생지인 룸비니,
    깨달음을 이룬 보드가야, 처음 설법한 사르나트, 열반에 드신 쿠쉬나가라를 이른다.

가파른 돌계단길. 자애롭지 않다. 폭도 높이도 모양새도 다 잔인하다. 정신 줄을 꼭 붙들고 후들거리면서 내려간다. 이러다 무릎팍이 남아나겠나! 절벽에 병풍처럼 펼쳐져 있는 마니석이 그나마 위안이 된다. 저기에 매달려 육자진언 수십 번을 돌에 새긴 이도 있는데, 뭐! 스스로 다독인다. 비루한 차림의 땀에 찌든 포터. 굽은 등에 자기 키보다 큰 등짐을 지고 땅만 보며 묵묵히 걷는다. 이어서 양쪽에 무거운 가스통을 얹은 말이 땀을 뻘뻘 흘리며 돌계단을 조심히 딛고 내려간다. 저들보다 숨소리를 크게 내면 안 될 것 같다.

경사지를 이만큼 내려왔으니 또 이만큼 올라가야겠지. 몇 개의 철교를 건너왔다. 근데 서스펜스 브릿지 또는 하늘다리라 부르는, 가장 높고 긴 철교 하나가 떡하니 남아있다. 바람이 세차게 불어 제친다. 후드로 모자를 싸고는 고개를 팍 숙이고 건넌다. 난간에 매달린 길고 긴 룽다. 바람에 닳아서 파랑·하양·빨강·초록·노랑 빛깔은 다 스러지고 우중충한 회백색의 다 떨어진 걸레 조각처럼 되어있다. 룽다가 애타게 절규한다. 나 대신 제발 너라도 무사히 건너가라고. 말도 좁고도 나도 너도 각자 저만의 두려움을 진동과 진폭으로 남기며 하늘다리를 건너간다.

마지막 고난의 언덕길. 깔딱고개라 불리는 급경사 돌계단 길이 남아있다. 여기 내가 왜 왔을까? 비마저 부슬부슬 내린다. 몸을 지탱하던 다리가 먼저 돌계단에 눌려 사그라든다. 급기야 이성을 담은 머리마저도 사그라든다. 혼이 빠진 육신의 껍질만 안개비에 흠뻑 젖는다. 저기 구름 속 남체 바자르가 모습을 쓰윽 드러낸다. 산 사나이 엄홍길 선생이 신들의 영역에 오르는 첫 번째 관문이라던 바로 그 남체 마을이다. 온몸이 축축이 젖었다. 다리는 천근만근. 아, 그래도 무사히 도착했다.

남체 바자르는 쿰부 히말라야 산간마을 중 가장 규모가 크다. 셰르파[20]의 고향 마을이다. 안개구름 속 언덕바지에 알록달록한 지붕과 창틀의 롯지 수십 동이 얼핏얼핏 고개를 내민다. 동화 속 세상 같다. 아름답다. 마을 입구에 엄청 큰 초르텐— 불탑 —이 있다. 누군가가 거기 서라더니 독사진을 찍어준다. 젖은 판초를 걸치고 지쳐서 진이 다 빠진 내 모습. 물에 빠진 생쥐다. 피로가 덕지덕지 묻어있다. 판초에 묻은 빗물은 탈탈 잘도 털리는데. 궁금하

20 셰르파는 동쪽에서 온 사람이라는 뜻이다. 티벳 유목민이 히말라야 설산을 넘어 물건을 팔러 왔다가 이곳에 정착하여 마을을 이루었다 한다.

던 초르텐이 눈앞에 있어서 그냥 지나칠 수가 없다. 다들 지쳐서 허둥지둥 롯지를 찾아 언덕길로 올라가 버린다. 나만 초르텐[21] 앞에 섰다.

초르텐의 붓다 얼굴 형상이 늘 궁금했다. 붓다의 두 눈. 까만 눈동자에 흰자위는 익숙한데, 홍채가 갈색이 아니라 청색이다. 왜지? 붓다는 석가족인데, 석가족이 원래 푸른 눈이었을까? 아니면 눈이 우주를 담고 있어서 우주를 상징하는 청색으로 나타냈나? 물음표를 닮은 코 모양은 뭘 상징하지? 왜 입은 그려두지 않았을까? 모르는 것투성이다. 그래도 두 눈 사이에 있는 제3의 눈에 대해선 안다. 지혜의 눈으로 세상의 약자나 소외된 자, 아픈 자를 더 잘 살펴보라는 뜻이 담겨있다. 질문이 꼬리에 꼬리를 문다. 어느새 피곤함은 가시고 호기심 천국에 흥분한 어린애 하나만 남았다.

차트라한테서 코가 물음표인 것에 대한 설명을 듣는다. 붓다 스스로 깨달음을 얻는 과정이 너무 힘들었다. 그러니 너희 중생은 모르면 언제 어디서든 누구에게든 부끄러워 말고 용기 내어서 물어라. 부처든 선지자든 어린아이든 간에 스승은 도처에 있으니까. 해답이 없어도 묻다가 보면 스스로 길을 찾게 될 것이라는 뜻을 나타낸다고 한다. 아, 그렇구나! 모르는 게 많아 물음표를

---

21 초르텐 전체 구조는 아래에서부터 위로 다음과 같다. 땅을 상징하는 사각 기단. 그 위에 물 상징하는 하얀 반구가 있다. 그 위에 불을 상징하는 사면체– 붓다의 얼굴 부분에 해당 –가 있고, 그 위에는 바람을 상징하는 첨탑이 13계단– 열반으로 가는 과정을 상징 –으로 되어있다. 마지막 상단은 우주를 상징하는 우산 모양으로 되어있다. 오색기 빛깔이 상징하는 것– 지수화풍에 우주 –을 불탑의 형태로 형상화한 것이다.

달고 사는 나, 잘 살고 있네. 물음표는 우리 삶의 기본이자 인간관계의 시작
이 아닐까.

언덕길 오른쪽. 설산에서 내려오는 시냇물이 콸콸 흐르고 있다. 그 위에 커
다란 마니차[22] 세 기와 예쁜 나무다리와 작은 분수가 설치되어 있다. 엄청
멋있다. 쿰부 히말라야에서 제일 큰 마을답게 참으로 성대하게 이방인을 환
대해 준다. 언덕을 오르는 길. 왜 이리 힘들지? 막심을 쓴다, 끙차. 남체 바
자르 골목 좌우로 온갖 상점이 즐비해 있다. 은행도 있고 펍, 당구장, 베이커
리, 약국, 옷가게, 음식점, 롯지 등 없는 게 없다. 다리를 끌면서 우리 롯지를
찾아 헤맨다. 팀원이 코빼기도 보이지 않는다. 당황스러워진다. 포터로 보이
는 현지인에게 다가가 영어로 더듬더듬 물었다. 못 알아듣는다. 그때 상식 씨
가 골목 위쪽에서 격하게 손짓한다. 반갑다. 롯지 이름이 사쿠라 롯지다. 일
본인 트레커가 많을 때 지어졌나 보다.

에린이 고산증이 와서 헤매고 있다. 고산 경험을 자랑하던 떠버리는 아예
드러누웠다고 한다. 차트라가 산소포화도를 측정하니 정상범위를 벗어나서
준비해 온 약을 먹이고 저녁도 거른 채 쉬게 했다. 나는 첫날 가벼운 두통을
겪어서 그런지 괜찮다. 저녁은 매콤한 닭볶음탕에 찐 양배추, 파무침과 오징

---

22 불교 경전을 새겨서 돌리게 만든 둥근 통이다. 한 번 돌리면 경전을 한 번 읽은 효과가 있
다고 한다. 손쉽게 해탈의 경지에 이르고픈 인간의 꼼수가 느껴진다. 너무나 인간적인 발
상의 산물이다.

어젓갈 등이다. 고도를 800m 이상을 높이면서 급경사 산길 11㎞를 약 7시간 넘게 걸은 힘든 일정. 충분히 보상되는 저녁 만찬이다. 깔끔하고 풍부한 매운 맛으로 에너지를 양껏 섭취한다.

디저트로 커피를 마시려고 커피믹스를 꺼내 보니 봉지가 빵빵하게 부풀어 있다. 고도가 높아졌음을 커피믹스 봉지가 온몸으로 증명한다. 웃음이 터지면서도 놀랍다. 고산증세를 보이는 이가 속출하자 고산증과 고산병에 대해 갑론을박이 벌어진다. 고산증 예방약을 챙겨온 상식 씨. 고도가 더 높아지기 전에 미리 복용해야 약효가 있다고 한다. 코앞에 닥쳐서 먹으면 효과가 없다고 약사가 말했단다. 녹내장 치료제로 쓰이는 고산증 예방약의 부작용. 손이 저리고 소변을 자주 보게 된다고 한다. 약을 충분히 챙겨왔으니 생각이 있으면 나눠 주겠다 한다. 나는 고산증약 대용으로 두통약만 챙겨서 왔다. 반신반의하다가 주위 팀원이 고생하는 것을 보고는 일단 약을 넉넉하게 받아 뒀다.

저녁을 먹고 나서 동네 산책 겸 바자르 구경에 나선다. 비실거리는 에린을 데리고 바람도 쐬고 쇼핑도 할 겸해서. 고산증세가 있을 때 찬 바람을 쐬면서 천천히 걸으면 훨씬 낫다. 현지 상인과 친한 간짜와 동행한다. 5,000m 이상에 위치한 EBC와 칼라파타르에 오를 때 우모복을 입어야 한다. 상의는 가져왔는데, 하의는 미처 준비하지 못했다. 마땅한 게 있으면 사야겠다. 간짜 도움으로 200불 정도를 루피로 환전한다. 갑자기 부자가 된 기분이다.

허름한 등산복 가게에 들어가니 온갖 게 다 있다. 둘 다 눈이 반짝한다. 간짜가 흥정을 잘해서 우모 바지를 샀다. 그리고 둘 다 야크 바지와 남체, 칼라파타르 글자가 새겨진 예쁜 털모자도 두 개씩 샀다. 우모 바지 4,500루피, 야크 바지 2,500루피, 털모자 2개 500루피[23]다. 득템 했다고 깔깔거리며 기뻐한다. 밤 남체 바자르 골목길에서의 소확행. 고산증으로 시들하던 에린이 생기를 되찾는다. 물건을 싸게 샀는지 비싸게 샀는지는 그다지 중요하지 않다. 간짜가 건네준 메모지에 적힌 금액은 숫자에 불과할 뿐. 중요한 건 소소한 쇼핑으로 큰 행복감을 맛봤다는 거다.

예쁜 털모자를 쓰고 야크 바지를 입고는 팀원에게 재미 삼아 자랑한다. 투덜 씨, 여자들은 쇼핑을 왜 저리 좋아하는지 모르겠다며 초를 친다. "바가지 쓴 거 같네." 쯧쯧거리며 변죽을 울리는 자도 있다. 그러든 말든 에린은 고산 증세가 가시고, 나는 필요한 걸 구입해서 좋았다. 그러면 된 거다. 절대 금주하라는 가이드 말 무시하고 맥주 사서 밤마다 마시는 것보다야 훨씬 낫지 않나. 야크 바지는 침낭 안에선 잠옷이다가 로비에선 일상복이 되어 제값을 톡톡히 한다. 털모자 역시 떡진 머리 감추기와 체온 유지에 간지까지 나니 일거양득이다. 즐거운 밤이다.

누가 급하게 방문을 두드린다. 차트라다. 한국 여행사에서 전화가 왔다고

---

23 루피는 대략 우리 돈으로 환산할 때 곱하기 10으로 보면 된다.

한다. 며칠째 연락이 안 되자 남편이 걱정되어 본사를 통해 직접 통화를 시도한 거다. 반가운 목소리. 서로 안부를 묻는다. 고도가 높아지면 통화하기가 더 힘드니 연락이 없어도 걱정하지 말라고 했다. 남편도 목소리 들었으니 됐다며 잘 걷고 오라고 한다. 고산지대라 로밍해도 와이파이가 터지지 않아 통화가 잘 안 된다. 게다가 기계치라 달리 통화할 다른 방법도 모른다. 여러모로 각성이 되어서 쉬 잠들지 못한다. 내일을 위해 수면제 반 알을 먹고 나를 겨우 달래서 잠재운다.

03. 19. 일

눈안개 속이라 에베레스트 뷰는 보이지 않고

새벽에 쾌변의 쾌거를 이뤘다. 친구가 챙겨 준 유산균 포를 아침마다 챙겨 먹은 덕인가! 몸이 한결 가볍다. 아침마다 레슬링 한판이 벌어진다. 침낭을 쌀 때 빠데루 자세로 용을 있는 대로 써야 겨우 침낭을 커버에 넣을 수 있다. 이른 아침, 두꺼운 침낭 정리는 몸에 열을 올리는 데에 한몫한다. 그런데 어, 안경이 안 보이네. 아무리 뒤져도 없다. 난감하다. 어쩌지! 실내에서 고글을 쓸 수도 없고, 아 나참! 물티슈로 얼굴만 닦고 당달봉사처럼 더듬거리며 식당 로비로 간다. 아침 메뉴는 콩나물국에 소시지볶음, 계란말이, 멸치볶음으로 단백질을 충분히 제공해 준다. 심란한 마음이 좀 누그러진다.

니마가 빈방을 확인했는데 안경이 안 보인다고 한다. 인연이 다했나! 어이구, 안경을 잃어버리다니. 눈이 나빠 안경 없이는 일상생활을 제대로 할 수 없다. 근시에 난시, 원시에 망막 천공 시술까지. 일상에선 선글라스 기능이 있는 누진다초점 안경을 반드시 써야 한다. 게다가 목욕탕 갈 때는 또 유리 알 안경을 써야 한다. 서랍을 열면 보석함 대신 각종 안경 케이스만 수두룩하다. 여러모로 불편하다. 옆에서 떠버리가 변죽을 울린다. 안경은 항상 여유 분을 챙겨 다녀야 한다면서. 안다고, 참나! 무게 제한으로 여벌 안경을 캐리어에 두고 온 거지. 간밤 고산증으로 다 죽어가던 자가 좀비처럼 살아나 떠들기 시작한다. 센 척을 하다가 고산증으로 뻗어놓고는 겸연쩍었든지 온갖 썰을 다 푼다. 아무도 물어보지 않았는데. 자기가 복용하던 약이 고산 약과 안 맞았다는 둥, 애써 자기는 고산증이 아니었다고 궁색한 변명을 한다. 왜 저러지, 도대체!

선크림을 듬뿍 바르고 자외선 차단 마스크도 쓰고 장갑에 모자에 두건까지 철저히 준비한다. 어제 걷기로 에린은 햇빛에 노출된 코와 손등이 경계를 지으며 검게 탔다. 선크림을 바르지 않은 투덜 씨. 얼굴 전체와 귀 뒤까지 벌겋다 못해서 껍질까지 벗겨졌다. 고도가 높은 설산에선 자외선이 장난이 아니다. 만사 불여튼튼이다. 양말은 두 켤레 겹쳐 신는다. 속에는 땀을 흡수하고 발가락 치임을 방지하기 위한 발가락 양말을, 겉에는 충격을 흡수하고 보온을 해주는 모 양말을 신는다. 중등산화가 탱크처럼 단단하다. 이렇게 신어야 발과 발목 전체가 빈틈없이 야무지게 잡힌다. 앞으로 계속 빨래를 할 수 없으니, 서너 켤레의 양말로 돌려막기를 잘해야 한다. 올라갈수록 물도 부족하고 더운물은 아예 안 나온다. 머리나 옷 빨래는 언감생심이다. 한동안 추저분함을 견뎌야 한다. 내 인내심의 한계가 어디까지인지를 시험해 볼 수 있는 좋은 기회다.

8시에 출발. 좁은 골목 돌길을 따라 올라간다. 아침 안개에 싸인 남체 학

생기숙사. 창문으로 아이들이 격하게 손을 흔들며 "나마스떼"를 외친다. 나도 "나마스떼!" 하고 손을 흔든다. 맑고 밝은 웃음이 메아리 되어 오간다. 에린이랑 둘이 유쾌하게 웃으며 남체 출발 기념사진을 남긴다. 건너편 작은 동산에 초록색 지붕의 군인 막사와 운동장이 보인다. 군인들 아침체조 중인가? 마을을 벗어나기 시작한다. 안개 속 급경사 돌길, 숨을 고르면서 오른다. 앞에는 설봉 꽁데가, 뒤돌아보면 회오리 구름 사이로 청백의 거대한 설산 탐세르쿠가 파노라마로 펼쳐져 있다. 히말라야 눈의 여신이 설산의 검은 암벽을 순백의 굵은 눈 선으로 선명하게도 그어놨다. 참으로 장엄하다.

히말라야삼나무 우듬지의 이슬방울이 고도가 높아질수록 흰 눈가루로 변한다. 내 뒤를 윤도인 선생이 천천히 따라오고 있다. 길게 자란 하얀 수염을 휘날리며 언덕길을 오르는 모습이 꼭 구름을 타고 나는 신선 같다. 대단한 노익장이다. 언덕 위에 눈을 뒤집어쓴 눈향나무들이 예제 없이 바람을 맞고 사선으로 드러누워 있다. 사가르마타 넥스트를 안내하는 입간판에, "I am at 3,775meters!"라 쓰여있다. 한 발 한 발이 모여 고도를 300m 이상 높였다. 잔걸음의 위대함이여!

장대에 매달린 타르초를 중심으로 오색 룽다가 안개구름 사이로 펄럭이는 곳에 사가르마타 넥스트가 있다. 히말라야에서 배출된 쓰레기를 모아 업싸이클링한 작품을 전시하는 공간이다. 히말라야 설산을 깨끗하게 보전하자는 경각심을 불러일으키려는 취지의 전시관이다. 언젠가는 기후 온난화와 인간이 남기고 간 쓰레기로 말미암아 히말라야 비경이 지구상에서 사라질 수도 있다. 큰일이다, 어휴!

전시관 한쪽 구석에 놓인, 동사한 산악인 형상의 전시물에 순간 너무 놀랐다. 온몸에 소름이 돋고 머리가 쭈뼛 선다. 문득 산악인 고(故) 박무택[24]이 생각난다. 수년 뒤 동료들이 그의 시신을 수습하고자 했으나, 언 시신 무게가 너무 무거워 결국 옮기지 못했다. 어쩔 수 없이 근처에 돌무덤을 만들어두고

24 에베레스트 정상 등정 후 하산하다가 설맹으로 고립되어 밤새 홀로 버티다 사망한 산악
    인이다.

하산한 가슴 아픈 사연을 동영상으로 본 적이 있다. 에베레스트 VR 체험은 하지 않고 나왔다. 그의 지독한 사랑의 끝은 결국 죽음인가! 그는 에베레스트 품에 안겨 죽음보다 깊은 잠을 영원히 자려 하는가! 헛헛하다. 벤치에 앉아 장비 점검하면서 마음을 추스른다.

　삼십 분 정도 올라갔나! 가파르고 널찍한 돌계단 끝에 3,880m 에베레스트 뷰 호텔 정문이 있다. 천국의 계단인가! 온통 눈 천지다. 습해서 그런지 돌계단에 이끼가 짙게 껴있다. 크리스마스 카드 그림 속 눈 덮인 소나무 삼나무 숲이 지금 눈앞에 펼쳐져 있다. 계단 끝에 서서 아랠 본다. 천지 사방이 눈안개 속이라 에베레스트 뷰는 맛볼 수가 없다. 에베레스트 뷰 호텔은 썰렁하고 눅눅한 기운으로 가득하다. 투숙객이 없나 보다. 투덜 씨가 차트라에게 뭐라 한다. "에베레스트가 하나도 안 보이잖아!" 날씨 탓인데 애꿎은 가이드한테 어쩌라구! 가이드가 자기보다 어려도 반말투는 안 되지. 매너가 신사를 만든다 했는데, 쩝! 나이 들수록 입은 다물고 지갑은 열라 했거늘. 잘 익어가야겠다. 쓸데없는 소리의 난무. 거리를 잘 유지해야지. 야외 테라스에서의 티타임. 주문한 밀크티, 별맛은 없어도 따뜻하기는 하다. 그마저 바깥 찬 기온에 빨리 식어버린다. 그래도 차 한 잔의 여유를 사진에 꾹 담는다. 눈발이 흩날리기 시작한다. 급히 안으로 들어갔으나 벽난로가 가동되지 않아 썰렁하기는 매한가지다.

오늘은 고소적응 첫날이라 많이 걷지도, 고도를 많이 높이지도 않는다. 롯지가 있는 마을 주변을 산책하며 고도에 적응해서 고산증을 예방하려는 것이 목적이다. 6㎞ 정도를 4시간만 걸으면 되니, 몸도 마음도 다 편안하다. 하산길. 고도차가 겨울 풍경을 초봄 풍경으로 바꾸는 마법을 부린다. 3,550m에 위치한 캉중마가 오늘 최종 목적지다. 거의 한 시경에 캉중마 롯지에 도착한다. 오늘 트레킹은 끝, 와아! 점심 메뉴는 오므라이스에 오이무침, 줄줄이 소시지, 감자전에 매콤 짭쪼름한 오징어젓갈이다. 어린 시절 추억을 소환하는 마법의 메뉴다.

모처럼 여유롭게 숙소에서 한가한 시간을 보낸다. 숙소 방문 앞에, 서서 으르렁거리는 커다란 호랑이 조형물이 떡하니 놓여있다. 너무 뜬금없다. 알면서도 문 열고 나갈 때마다 화들짝 놀란다. 실물 그대로다, 무섭게시리. 침대에 드러누워 에린이 만든 『찾았다, 꿈스푼』이라는 첫 동화책을 e-book으로 함께 본다. 영문본, 한글본을 각 3권씩 인터넷으로 바로 신청한다. 누군가 자기 책에 관심 가져주는 것만큼 저자를 기쁘게 하는 일은 없다. 산티아고 800km도 혼자 걸어 낸 억척 아가씨. 글쓰기와 모험하며 걷기를 좋아하는 점에서 서로 격하게 공감한다. 내가 쓴 산티아고 800km 순례길 걷기 에세이 『혹해서 훅 가다』를 소개하니 바로 공감하면서 인터넷으로 구매 신청한다. 그리고 그녀가 작사하며 부른 「CAMEL」과 「The Flower Made of Sand」란 노래도 유튜브로 들었다. 재즈풍의 음색이 매력적이다. 에린이 너, 못하는 게 도대체 뭐지? 열정과 재능과 끼가 넘치는 이다. 에린의 도전정신에 격려의 박수를 보낸다. 여행지에서 새로운 사람을 만나 서로를 알아간다는 것. 이 또한 여행이 주는 선물 아니겠나.

저녁 만찬. 염소고기 두루치기에 상추쌈, 염통 고추장볶음에 곰국, 버섯볶음과 시금치나물. 이런, 난리가 난 저녁상이다. 너무 맛나다. 내일부터 고생할 거니 오늘 많이 먹어두라는 건가! 고마워서 셰프에게 큰절이라도 하고 싶다. 저 다채로운 식자재와 식기들은 포터와 좁교가 이고 지고 온 거다. 셰프와 보조 도우미가 다듬고 조리해서 이리도 맛있고 풍성한 요리를 제공하다니. 그저 감사하고 감사할 뿐이다. 정신없이 맛있게 고기를 쌈 싸 먹는 모습을 메인 셰프가 흐뭇하게 바라본다. 다들 맛있다고 엄지 척하면서 감사의 마음을 전한다. 배도 부르고 훈훈하고 여유롭다.

간밤에 처음으로 고산증 예방약을 먹기 시작했다. 동생 근이를 많이 닮은 상식 씨가 복용법까지 상세히 설명하면서 준 것이다. 부작용으로 손 저림이 있다더니 아니나 다를까 손가락 끝이 심하게 저린다. 주무르면서 괜찮아져라 하고 주문을 왼다. 저림이 오래 가지 않아 다행이다. 티타임. 건설적인 대화 보다 주당 멤버의 배려심 없고 젠더 인지 의식이 떨어진 말투에 에린이 속상 해한다. 좋은 어른도 많다며 애써서 달랜다.

일기예보 상 내일은 눈이 예상된다고 한다. 롯지 난롯가에서 밀린 기록도 하고 일정표와 지도를 보면서 내일 일정을 꼼꼼히 살핀다. 아이젠·스페츠· 판초·오버트라우저·군밤 모자·털장갑을 미리 챙겨둔다. 근데 세상에나! 커 버에서 침낭을 꺼내니 그 속에서 안경이 툭 튀어나온다. 아침 컴컴한 방에서 짐을 싸다 안으로 딸려 들어간 모양이다. 아이구, 반갑고 고마워라! 좀 찌그 러졌으나 그런대로 쓸 만하다. 다행이다.

이날부터 정식으로 모든 팀원에게 가이드가 물주머니를 나눠준다. 나는 한국에서부터 미리 챙겨왔다. 뜨거운 물주머니와 뜨거운 오차가 든 보온병을 받아와서 취침 준비를 한다. 저녁을 양껏 먹어서인지 둘 다 줄방귀가 그냥 나온다. 기압 탓인가? 마주 보며 크게 웃는다. 절로 방귀를 트게 된다. 좀 잔 줄 알았는데 시계를 보니 10시 40분밖에 안 됐다. 헐. 또 자다 깨서 보니 12시 전이다. 고산증세인가. 에린도 잠 못 들어 해서 둘 다 수면제를 반 알씩 나눠 먹고 다시 침낭 지퍼를 올리고는 잠을 청한다. 내일을 기다리면서.

03. 20. 월

악, 나 말에 깔려 죽는 건가!

5시에 깨어 어제 일을 메모한다. 자투리 시간은 늘 있다. 마음이 문제지. 하지만 고된 걷기와 짐 정리, 식사 후 티타임, 다음 코스 준비로 쉽지만은 않다. 꼭두새벽 홀로 침낭에 누워서 아침 기도를 하고 하루를 돌아보는 시간이 참으로 느긋하고 행복하다. 온전히 나를 마주하는 시간. 얼리버드에겐 새벽부터 오전이 가장 맑고 알차며 풍성한 시간이다. 침낭 안에서 폰 노트에 사라질 뻔한 기억 조각을 찾아내어 맞춰보는 시간은 나만의 은밀한 동굴 놀이가 된다. 기억하고 기록한 날만 제대로 산 날이 아닐까!

동틀 무렵 창으로 우련하게 번져오는 아침이 참 좋다. 공진단을 따뜻한 물과 함께 복용한다. 6시에 어김없이 니마가 레몬 진저티 한 잔으로 모닝콜을 한다. 밤새 기온이 영하 10도라니, 꺼내둔 물티슈가 바로 얼어버리네. 에린이 일어나 "세상에, 쌤! 입김 좀 보세요." 놀라워하면서도 깔깔거리며 동영상 찍기 놀이를 한다. 실내에선 당연히 털모자와 우모복을 착용해야 한다. 보온병에 남은 물로 이를 닦고 물주머니의 미지근한 물을 티슈에 묻혀서 고양이 세수를 한다. 티슈 색깔이 누리끼리하다. 물주머니 물의 정체, 굳이 알고 싶지 않다. 그래도 제법 개운하다. 궁하면 통하고, 통하면 변하게 되어있다. 오늘은 트레킹 코스 중 가장 아름다운 쿰부 히말라야 하이웨이라 불리는 길을 걸을 예정이다. 창밖을 보니 온통 눈 천지. 밤새 눈이 엄청나게 내렸나 보다. 오늘 고생 좀 하겠다.

7시. 아침 메뉴는 황태국에 꽁치구이, 호박볶음과 버섯볶음에 계란프라이 2개로, 못해도 칠첩반상이다. 매 끼니가 감동인데, 코앞에 앉은 투덜 씨가 에린과 나를 꼭 집어서 말한다. 두 사람한테 맛없는 게 있나 한다. 헐! 아니, 잘 먹어도 탈이네. 아랑곳하지 않고 맛있게 먹는다. 네팔 쿰부 히말라야 산 중 롯지, 물도 식자재도 다 부족한 곳에서 이리도 정성 가득한 밥상을 받는 것 자체가 고맙기 짝이 없구마는. 집에서 사우디 왕 대접을 받고 사나! 남이 차려주는 근사한 밥상, 여행이 주는 커다란 기쁨 중 하나 아닌감!

오늘은 눈길이라 완전 겨울 산행 복장으로 준비할 게 제법 많다. 부산하면서도 긴장감이 흐른다. 오버트라우저에 아이젠과 스패츠를 착용하느라 진땀깨나 뺀다. 눈길 장도에 안전한 걷기를 염원하며 출발 시 사진 한 컷을 남긴다. 우모복에 40L 배낭, 그 위로 덮어쓴 판초, 방한 모자에 고글과 마스크, 털장갑에 스틱까지 든 나. 안 그래도 작은 내가 장비에 파묻혀 잘 보이지 않는다. 딱 스타워즈에 나오는 똥짤막한 R2D2 로봇이다. 웃긴다. 혼자 실소한다. 식기와 카고 백을 등에 진 야크도 사뭇 비장하다. 지붕과 돌담, 너른 텃밭이 온통 눈 천지다. 그럼 이제 한번 걸어볼까. 겨울철 눈 구경하기 힘든 부산 아지매, 눈 구경 한번 실컷 해보자, 마아, 출바알!

소복이 쌓인 눈길. 똥 먼지가 풀풀거리지 않아서 좋다. 푹푹 빠지는 걸음걸이음은 무겁기 짝이 없다. 하얀 눈길 위, 배낭 진 구부정한 등에 스틱을 쥐고, 회색·흑색·청색 판초 자락을 휘날리며 열 지어 걷는 트레커들의 뒷모습. 설국의 유령 같다. 내리는 눈 무게만큼 다들 말없이 무거운 발걸음만 옮긴다. 고독한 시간. 고독은 혼자된 시간을 즐기는 거고, 외로움은 혼자된 시간을 괴로워하는 거라던데. 그렇담, 지금 나는 분명 고독한 거다. 아름다운 눈길을 혼자 걷는 황홀함에 젖는다. 앤 머로 린드버그가 『바다의 선물』에서 아름다움을 드러내자면 공간이 있어야 하고, 공간이 있어야 사건과 목적이 있고 사람들은 비로소 의미를 가지게 된다고 했다. 그래, 그렇지. 지금 눈앞의 이 순수한 공간, 더할 나위 없이 아름답지.

발이 푹 빠진다. 돌길 위에 쌓인 눈이라 초집중해서 걷는다. 힘이 든다. 아이젠에 딸려 올라오는 눈덩이가 버겁다. 한발 한발 무념무상으로 걷다가 마니석이 나오면 옴마니반메훔을 외며 오늘 하루의 안전한 트레킹을 빈다. 머리 위에서 눈덩이가 툭 투둑 떨어진다. 삼나무나 랄리구라스 나뭇가지가 떨구는 작은 눈덩이를 맞기도 한다. 또 자갈처럼 단단한 눈뭉치가 머리에 퍽 떨어지기도 한다. 나뭇가지가 여기저기서 우두둑 소리를 내며 부러진다. 방한 모자를 안 썼으면 머리에 혹 날 뻔했다.

캉중마에서 풍기텡가로 가는 내리막길. 눈 빛깔이 가지가지다. 널따란 둔덕의 청백색 눈, 그 뒤 검은 암벽 정수리와 틈새에 쌓인 순백색 눈, 히말라야삼나무 우듬지의 진록색 띤 눈, 눈안개 자욱한 먼 산의 진회색 눈. 눈 쌓인 산길 풍경, 그윽하고 오묘하게 아름답다. 문득 연암 박지원 선생의 글귀[25]가 떠오른다. "누가 까마귀를 검다 하는가." 햇빛 아래서는 붉은 자줏빛이 돌기도 하고, 가끔은 청잣빛을 띠기도 한다. 연암은 까마귀를 제대로 보지도 않고 무조건 검다고 하는 사람들의 고정관념이나 고착된 인식에 대해 일갈한다. 지금 내 눈앞 눈빛도 희지만은 않다. 희기도 하고 잿빛이기도 하고 푸르기도 하고 검기도 하고 누렇기도 하다.

야크와 말 떼가 등짝에 무거운 짐을 가득 지고 걸어간다. 길가로 바짝 붙어서 저들에게 먼저 길을 내준다. 좁은 길에선 피한다고 피해도 짐짝에 팔이나 등이 치이기도 한다. 어쩔 수 없다. 뒤이어 자기 키보다 크고 무거운 짐을 등에 지고 가는 포터가 온다. 앞서거니 뒤서거니 묵묵히 땅을 보며 걷는다. 누구 하나 불평 한마디 없이 자기에게 주어진 길을 걸어간다. 무거운 바위를 언덕 위로 끊임없이 올리고 있는 시시포스. 숙연해진다. 눈이 잔뜩 쌓인 철교를 건넌다. 쌓인 눈이 쇠다리 구멍을 다 메워버려서 덜 무섭다. 차고 날카로운 바닥도 뽀드득거리니 충격이 훨씬 덜하다. 걸을 만하다.

저 멀리 8,848m의 에베레스트와 8,414m의 로체 주봉이 아스라이 보인다. 계곡 따라 구불구불 흐르는 백옥 빛깔 두드코시강. 그 시원(始原)에 가물거리며 조그맣게 보이는 봉우리가 에베레스트와 로체라니. 저건 환영일 거야. 도저히 실감이 나지 않는다. 백옥의 강물은 눈 쌓인 강돌 사이사이로 음

25 『능양시집』에 수록된 연암 박지원 선생의 서문을 번역한 글 일부로, 개인적으로 좋아하는 글귀다.

전하게 흐르고 있다. 순백의 눈이 날카로운 암벽에 사람 인(人) 자 여럿을 새겨뒀다. 산과 사람을 생각한다. 공자가 "인자요산(仁者樂山)"이라 했는데. 산을 사랑하는 나, 운명적으로 어진 자인가! 침엽수 히말라야삼나무 숲이 두꺼운 눈 코트를 걸쳤음에도 불구하고 퍼렇게 시퍼렇게 질려있다.

다 내려온 풍기텡가에서 텡보체로 가는 급경사 길을 다시 올라가야 한다. 환장하겠네. 산길은 원래 오르락내리락하기 마련이거늘, 길을 진심으로 사랑하는 내가 지금 길 탓을 하다니. 히말라야 설산이 나를 기꺼이 받아줬고, 나 또한 이 길을 자발적 의지로 선택했건만. 에고, 부질없어라. 가쁜 숨을 몰아쉬며 무거운 발자국을 눈길에 한발 한발 찍으며 오른다. S자로 굽은 채 경사진, 커다란 너럭바위 길이 나온다. 바위에 발을 디딜 홈이 보이지 않는다. 눈이 녹아 미끄러워 위태위태하다. 아, 어쩌지!

위험을 직감한 찰나, 앞서 바윗길을 오르던 말이 순식간에 미끄러져 아래로 꼬꾸라진다. 악, 나 말에 깔려 죽는 건가! 순식간에 니마가 나를 한쪽 구석으로 팍 밀친다. 말은 미끄러지자마자 바로 둔덕의 진흙을 밟고는 푸드덕거리며 벌떡 일어선다. 말의 놀라운 생존본능! 식겁한 마부가 말 등을 쓸어주면서 놀란 말을 달랜다. 그제야 니마와 나도 후유, 숨을 크게 내어 쉰다. 이 모든 일이 찰나에 벌어졌다. 나를 보호하려 한 니마의 발 빠른 대처가 눈물 나게 고맙다. 니마는 위험한 순간에도 트레커 안전을 먼저 챙기는 천생 가이드다. 무거운 짐을 지고 가다 미끄러져 죽을 뻔한 위기를 스스로 벗어난 말. 너도 참 장하다. 보이지 않는 히말라야 여신과 나의 스승 붓다 그리고 비쩍 마른 니마가 나를 지켜줬다는 생각에 가슴이 벅차다.

사방천지가 눈보라 속이라 아무것도 보이지 않는다. 바람이 순식간에 불어 제치니 세계 3대 미봉[26] 중 하나인 6,856m의 설산 아마다블람[27]이 짜잔 그 모습을 드러낸다. 단아하면서도 위엄 있고 엄숙한 자태다. 어머니의 목걸이라 불릴 만하다. 지금껏 본 설산 중 가장 우아하면서도 도도하고 거침이 없다. 자식을 기르면서 지치고 힘들어도 눈부신 사랑을 아낌없이 쏟아내는, 고고하면서도 꼿꼿한 어머니 모습 그 자체다. 느꺼움을 가득 안은 채, 보고 또 보면서 하염없이 걷는다.

오전 한나절 만에 쿰부 히말라야 하이웨이에서 평생 볼 눈을 눈이 시리도록 다 본 것 같다. 텡보체가 가까워지려는지 길이 점점 평평해진다. 따각따각 말발굽 소리와 쩔렁쩔렁 말방울 소리가 들린다. 한 남자가 무서운 속도로 백마에게 채찍질하면서 거침없이 달려온다. 세상에, 이 거친 눈길을 저렇게 빨리 달리다니! 차트라가 알려준다. 히말라야 하이웨이 콜택시란다. 몸

---

26 세계 3대 미봉으로 네팔 쿰부 히말라야의 아마다블람. 안나푸르나의 마차푸차레. 유럽 알프스의 마터호른이 있다.

27 아마다블람은 '어머니(Ama)의 목걸이(Dablam)'라는 뜻으로, 주봉 모습이 마치 아이 안은 어머니를 연상케 하고 주변 빙하가 현지인이 착용하는 목걸이 같다고 하여 붙여진 이름이다.

이 불편한 트레커가 콜을 하면 바로 달려와서 태워주는 히말라야 총알택시인 셈이다. 헐! 다들 어허허 웃는다. 롯지에 도착하니 열두 시가 넘었다. 로비 긴 의자에 배낭을 던져놓고 바로 시체처럼 드러눕는다. 찰나 기절하다시피 심연보다 깊은 쪽잠에 빠져든다. 3,250m의 풍기텡가에서 3,860m의 텡보체까지 고도를 600m 이상 높이며 급경사 눈 쌓인 돌길을 헤쳐왔으니 그럴 만하다.

텡보체 롯지에서 점심을 먹고 쉬어 간다. 고명 듬뿍 올린 국수와 콜리플라워 볶음, 감자전과 버섯볶음, 무생채와 오징어젓갈. 강행군에 지친 몸의 피로를 싹 날려준다. 국수는 고도 때문에 소화 기능이 떨어진 트레커에게 적절한 메뉴. 화룡점정으로 뜨거운 믹스커피 한 잔까지. 완벽하다. 처진 눈꺼풀이 떠진다. 한 끼 식사와 한 잔의 믹스커피로 얼굴에 생기가 돈다. 기운을 차린다. 참나, 나란 인간은 뎁스가 거의 없나 보다.

충분히 쉬었다가 2시쯤 늦은 출발을 한다. 3,930m의 팡보체가 오늘 최종 목적지다. 여전히 눈보라에 온통 잿빛 세상이라서 지척을 분간하기 어렵다. 그저 발아래만 보고 걷는 수밖에. 철교가 흐릿하게 보인다. 다리 난간에 수많은 회색빛 누더기 카다가 미친 노파의 머리카락처럼 어지럽게 흩날리고 있다. 길손의 행운을 빌며 목에 걸어준다는 하얀 천 카다를 모두 여기에 걸어두고 갔네. 카다의 힘을 빌려 자기 앞의 험한 길을 무사히 건너고자 함인가?

아니면 너무 힘들어서 깃털보다 가벼운 카다마저 버리고 간 건가? 철교 앞에서 말 못 하는 짐승, 말과 야크도 머뭇거린다. 주인의 채찍과 고함을 듣고서야 철교에 겨우 발을 들여놓는다. 을씨년스러우면서도 아름다움을 자아내는 풍경, 이건 뭐지!

언덕길 끝에 생뚱맞게 눈 쌓인 돌계단이 하늘에 맞닿은 지점이 나온다. 천국으로 가는 계단인가? 피안의 세계로 건너가는 용선인가? 길 끝 벼랑에 눈 잔뜩 뒤집어쓴 채 동그마니 서있는 삼나무 한 그루. 딱 내 모습이다. 눈에 흠뻑 젖은 판초와 오버트라우저, 아이젠과 스패츠 무게에 지친 몸 무게까지 더해져 얼굴은 중력을 못 이겨 축 처졌고, 입술은 보랏빛이다. 뭉크의 「절규」 속 인물이 따로 없다.

드디어 팡보체가 나오려나! 마을 입구에 커다란 초르텐— 불탑 —과 늘어선 마니석이 지친 길손을 반긴다. 초르텐 하단인 기단과 둥근 부분과 몸체까지는 흰색이고, 상단인 사각뿔과 우산 모양은 황금색이다. 붓다의 푸른 눈이 '너 애썼다. 잘 왔다'고 무언의 위로를 한다. 중앙분리대처럼 길 가운데 돌을 길게 쌓아서 그 위에 기왓장만 한 마니석 수십 개가 널려있다. 눈이 쌓여있지만, 자세히 보니 하나하나 다 육자진언을 양각해서 새겨놓은 거다. 인간의 무서운 신심, 볼 때마다 놀란다.

엄홍길 휴먼 스쿨 입간판에 기대어 겨우 찍은 사진 속 내가 애처롭다. 가는 길에 휴먼 스쿨이 있으면 몰라도 몇백 미터 더 올라가야 한다니까 바로 포기한다. 그럴 힘이 남아있지 않다. 팡보체 롯지에 도착하니 4시를 훌쩍 넘었다. 오늘은 급경사 눈길 약 9km를 8시간 이상을 헤매며 걸었다. 고생 직싸게[28] 했다.

저녁 식사 전 로비에서 한바탕 소동이 벌어졌다. 투덜 씨 친구가 얼굴이 벌겋게 되어 와서는 충전하려고 꽂아둔 스마트워치가 없어졌다는 거다. 값도 나가고 선물 받은 건데 손탄 게 틀림없다며 마치 현지인 소행인 것처럼 말한다. 다들 설마 그럴 리가 있나! 지쳐있어서 기억 안 날 수 있다. 다른 데 뒀을 수도 있으니 잘 찾아보라고 위로했다. 충전한다고 테이블 위에 둔 게 분명

---

28 방언으로. 어릴 때 어머니께 많이 듣던 말. '엄청나게'를 뜻한다.

하다고 말한다. 가이드 모두 당황하면서 이리저리 다니면서 찾아보고 본사에 문의하느라 정신이 없다. 그런데 세상에나! 자기 손목에 떡하니 채워져 있는 스마트워치를 발견한다. 쪽팔리는지 어버버 변명한다. 그럴 리가 없는데. 분명히 충전 중이었는데, 웅얼웅얼. 기가 막히고 코가 막힌다. 잘못했으면 제대로 사과하면 될 것을. 망신을 자초한다. 현지인한테 부끄럽고 미안하다. 나이를 도대체 어디로 드셨는지! 근본적으로 인간에 대한 기본 예의가 없다. 명심하자. 잘 늙어야겠다.

저녁 만찬으로 닭백숙에 닭국, 찐 양배추쌈에 양파 고추장무침, 야채튀김에 산나물이 한 상 차려져 있다. 많이 지친 날은 입맛도 없어진다. 소화가 잘될 것 같은 닭국과 찐 양배추쌈과 양파 고추장무침 위주로 속을 채운다. 따뜻하고 맛깔난 음식이 들어가니 그래도 몸이 좀 풀린다. 아까 소란으로 로비 기운이 별로다. 여기를 빨리 벗어나는 게 좋겠다. 일찍 숙소로 들어간다. 에린이 등산화 때문에 발등이 불편한가 보다. 파스를 붙이고 위에 팬티 라이너를 여러 장 덧대고 내가 준 쫄쫄이 붕대로 싸맨다. 단단하고 편하다며 만족해한다. 험지에서는 상부상조해야 살아남는다. 둘 다 점점 프로가 되어간다, 흐흐. 뒷담화도 혼자선 불가능하다. 둘이라서 얼마나 위안이 되는지.

바깥 기온이 영하 7도라 한다. 방 안도 도긴개긴이다. 추운 밤 창밖 야크

워낭소리가 언 밤하늘에 쩡쩡 울린다. 왜 안 자지? 쟤들도 춥고 외로운가? 물주머니와 물병을 꼭 껴안고 침낭 지퍼를 올리고 우모복을 뒤집어쓰고 억지로 잠을 청한다. 혼절해서 바로 잘 줄 알았는데 정신이 말똥말똥하다. 너무 피곤해도 잠이 잘 안 온다. 어찌 잠들었는지 모르겠다.

03. 21. 화

Part 2.

천국의 계단을 넘어서야 딩보체가 나오려나

트레킹 Day 5. 팡보체—소마레—딩보체

다행히 5시간 정도는 잤다. 어김없이 6시에 차 한잔으로 나를 깨우러 온 니마. 오늘은 날씨가 좋아서 아마다블람이 너무 잘 보인다고 마당에서 간 짜가 유난을 떤다. 어제처럼 온종일 눈 내리는 날은 현지 가이드도 힘이 드나 보다. 마당에 나선다. 새파란 아침 하늘을 배경으로 아마다블람이 도도한 자태를 뽐내고 있다. 왼쪽으로 검은 머리 에베레스트가 뚜렷이 보인다. 오늘은 드디어 4,000m 이상 고지에 진입하는 날이다. 내가 과연 4,410m에 있는 딩보체까지 고산증을 극복하고 오를 수 있을까? 그래야 최종 목적지인, 5,000m를 훨씬 웃도는 EBC와 칼라파타르 등정이 가능해지니까. 생애 첫 도전이 두려우면서도 가슴 설렌다.

아침 메뉴로는 시원한 황태국에 땡초계란말이, 햄구이와 매콤한 오징어젓갈이다. 국물이 너무 시원해 한 그릇 더 달래서 먹는다. 어릴 때부터 애답지 않게 건더기보다 국물을, 그것도 뜨거운 국물을 먹으면서 시원해했다. 온몸이 뜨끈한 황태 국물로 예열된다. 8시에 출발. 날씨가 쾌청하다. 다들 우리가 복 받은 것 같다고 한다. 출발부터 날씨가 이리 좋으니 마음이 괜히 느껍다. 에린이 파노라마로 동영상을 찍어준다. 사방에 보이는 설산 이름을 하나씩 말하란다. 어색하지만 시키는 대로 설산을 가리키며 주절주절 산 이름을 댄다. 동영상을 보면서 둘이 킥킥 웃는다. 상식 씨가 히말라야에 남아서 가이드 하면 되겠네 한다. 칭찬인 건가, 후훗.

어제는 정말 눈 때문에 천지 분간이 안 되는 길을 걸었다. 아마다블람과 에베레스트를 제대로 볼 수 없다고 걷는 내내 투덜 씨 불만을 토했다. 하늘에다 대고 해야지 애먼 현지 가이드를 볶아대는 심보는 대체 뭘까? 동생이라면 한 대 쥐어박았을 거다. 신이 보여주면 보는 거고, 안 보여주면 어쩔 수 없는 거지. 오늘은 불평 안 하겠지? 가벼운 마음으로 출발한다.

오른편으로 아마다블람을 계속 보면서 소마레를 향해 걷는다. 날씨가 포근해서 걷기가 수월하다. 판초와 오버트라우저만 벗어도 한결 가볍다. 여전히 눈길이라 아이젠과 스패츠는 그대로 착용해야 해서 발만 좀 무거울 뿐이다. 돌담 뒤 아마다블람을 배경으로 독사진을 찍는다. 아이 엠 마더. 나도 아마다블람처럼 빛나는 어머니라고. 당당하면서도 허허롭게 아마다블람을 응시하는 모습을 사진 속에 담는다. 방한 모자에 고글과 마스크까지 써서 얼굴이 거의 보이지 않는다. 다만 고글 속 눈빛만은 결의로 가득 차있다. 눈만 내리지 않을 뿐 사방천지가 하얀 설산으로 에워싸인 시린 아침. 길을 떠난다.

맨발에 슬리퍼만 신고, 머리 끈에 무거운 짐을 걸고는 눈길을 곡예 하듯 걷는 나어린 포트를 본다. 워낭소리를 내며 무거운 짐을 지고 걷는 체념 어린 눈망울의 야크도 본다. 뿌연 콧김과 거친 숨소리가 애잔하다. 고작 40L 배낭 하나 메고는 헉헉거리며 걷는 내가 머쓱하다. 그러다 마음을 고쳐먹는다. 저들은 고산 설산에서 나고 자랐고, 나는 좁은 한반도 아래쪽 바닷가에서 나고 자랐으니 다를 수밖에 없다. 그리고 지금 저들은 생계를 위해 최선을 다하고, 나는 트레커로서 최선을 다하고 있을 뿐이다. 서로가 서로에게 도움을 주고받으면서 산다. 각자의 삶을 그대로 존중하면 된다. 마음이 좀 편해진다.

옆에서 상식 씨, "저 산 이름은 뭐죠? 저 산 높이는 얼마죠?" 하고 묻는다. 맞히면 "어, 공부 많이 했네!" 하면서 놀라워하고, 틀리면 "공부 더 해야겠네!" 하고 놀린다. 뜬금없이 과학 상식 퀴즈도 낸다. 질문 놀이는 내가 틀리거나 못 맞혀야 끝이 난다, 허허. 저 아래 설산 협곡 사이로 백옥빛 두드코시 강물이 어제보다 훨씬 더 우렁차게 흐르고 있다. 차트라가 에베레스트가 두드코시강의 발원지라 한다. 쿰부 에베레스트의 젖줄인 이 강이 인도 갠지스까지 이어진다니 놀랍다. 걸어가는 산길 곳곳에 놓인 마니석. 그림자처럼 길손을 지켜주는 든든한 호위무사다. 우리 모두 나약한 인간이기에 붓다에게, 히말라야 눈의 여신에게 기도하면서 힘든 길을 한 겹 한 겹 힘겹게 접으면서 나아갈 수밖에 없다.

데자뷔처럼 또 하늘로 이어지는 눈 쌓인 돌계단 언덕길이 나온다. 숨이 차다. 천국의 계단을 넘어서야 딩보체가 나오려나. 수직 장대에 길고 하얀 천 하나로 된 타르초가 협곡의 바람에 미친 듯 펄럭이고 있다. 힘내라. 어서 오라고 격하게 반긴다. 소마레로 가는 짧은 철교에 펄럭이는 빛바랜 카다 역시 헤드뱅잉을 하면서 나를 맞는다. 왼쪽 무릎이 시큰거린다. 그럴 수밖에. 급경사 눈 쌓인 돌길을 3일 내리 걸었으니까. 미안하다. 숙소에 가서 파스라도 붙여야겠다.

오늘은 날씨가 비교적 따뜻하고 돌길보다 눈이 살짝 녹은 진흙길이 많아 그나마 다행이다. 고갯마루에 파란 눈의 초르텐이 2기나 있다. 볼 때마다 신기하고 새롭다. 천진난만한 어린애 같은 관세음보살의 맑고 푸른 눈. 세상의 온갖 소리를 잘 살펴보고 들으라 하신다. 참회하고 다짐하지만 잘 안 된다. 그래서 중생인가. 황량하고 스산하게 펼쳐진 협곡 길 끝에는 언제나 에베레스트가 근엄한 얼굴을 내밀고는 '너 잘 오고 있지?' 한다. 스틱을 가로로 번쩍 치켜들고 마치 에베레스트 정상에 오른 전문 산악인마냥 만세 포즈를 취해본다. 기분이 좋아진다.

에베레스트와 임자체 가는 갈림길에서 임자체 쪽으로 향한다. 임자체로 들어가는 초입에 딩보체 마을 롯지가 보인다. 거의 다 왔나 보다. 내가 마침내 4,410m 고지까지 올라왔네. 속으로 격하게 칭찬한다. 장하다, 미야! 돌담으로 쭉 이어진 골목길을 따라 계속 걷는다. 공터에 매여있는 새까만 야크한 마리. 머리 정중앙에 완벽한 하트 모양의 하얀 털이 나있다. 신기하다. 하트를 평생 이마빡에 새기고 사는 녀석이다. 나는 어디에다 사랑을 새겨뒀지? 새길 틈도 없이 쏟아내고 다시 퍼 올리며 사나? 깊이 감싸 쥐고만 있는 건 아닐까? 다가가 머리를 쓰다듬어 주니, 큰 눈만 끔뻑이며 가만히 있다. 순하기까지 하네. 자꾸 뒤를 돌아보게 된다.

지나가다 가정집 마당에 태양열로 주전자 물을 끓이는 장면을 목격한다. 신기방기 하다. 은빛으로 반짝이는 포물선 오목 반사경 대형 아크릴판. 그 가운데 떡 올려진 알루미늄 주전자. 김을 세차게 뿜으며 보글보글 끓고 있다. 세상에나! 사진을 찍어둔다. 인간은 어떻게든 환경에 적응하며 살아간다. 드디어 딩보체 우리 롯지가 나온다. 이름이 야크 롯지다. 내일은 고소적응 2일 차라 여기서 이틀 묵는다. 좋아 좋아. 12시 20분이다. 팡보체에서 딩보체까지 약 9km를 4시간 반 만에 도착했다. 엄청 빨리 걸어왔다. 소요 예상 시간이 6시간이었는데.

뜨끈한 레몬차 한 잔으로 지친 몸을 달랜다. 1시 점심상에 들깨 수제비에 김치전과 오이무침, 버섯볶음과 마늘쫑이 나온다. 또 감동한다. 4,410m 롯지에서 들깨 수제비라니. 국물이 뜨끈하고 구수하다. 국물을 더 달라 하니 셰프와 가이드가 무지 기뻐한다. 맛있게 먹는 게 현지 셰프와 스태프에게 보내는 최고의 감사 표시다.

숙소는 2실이 화장실 하나를 공유하는 구조다. 세면대는 아예 없고 변기는 옆에 있는 큰 드럼통에 반쯤 언 물을 바가지로 퍼서 사용해야 한다. 남자팀과 같이 화장실을 쓰자니 신경이 쓰인다. 물이 제대로 내려갈 것 같지 않다. 방은 좁지만 깨끗한 편이다. 협탁이 없어 소지품을 침대 머리맡에 둬야 하는 게 불편할 뿐. 여기서 이틀을 보내야 한다. 자족하자. 짐 정리를 대충 해놓고는 로비에서 느긋하게 기록도 하고, 지도랑 일정표를 보면서 내일 코스도 확인한다.

에린과 함께 고생한 가이드에게 간식을 쏘기로 한다. 고도가 높아질수록 물가는 무지하게 비싸다. 로비 매대의 물건— 간식이나 화장지 정도 —값이 장난이 아니다. 어쩔 수 없다. 포터나 말·야크가 다 지고 온 것들이니까. 차트라와 간짜는 초코바를 골랐는데 막내 니마만 제일 비싼 프링컬 한 통을 고른다. 한화로 한 통에 만 원 정도다. 그래, 제대로 쏘자. 목숨 구해준 값치고는 싸다 싸. 우리 것도 한 통 더 산다. 근데 프링컬 은박지를 뜯는 순간 빵하고 터진다. 기압 때문에 양껏 부풀어 있다가 터져버린 거다. 놀랍고 우스워서 모두 웃음을 빵빵 터뜨렸다. 프링컬 하나로 로비에 웃음꽃이 활짝 핀다. 고도 4,410m의 기압은 가공할 만한 힘을 지닌 사제폭탄 제조기다, 하하. 체다치즈 프링컬을 와그작 씹으면서 믹스커피를 마시는 맛은 한마디로 기똥차다. 수다도 떨고 정보도 교환하면서 모처럼 한가하고 즐거운 오후를 보낸다. 볼일도 좀 봤다. 심신이 다 홀가분하다.

저녁 메뉴는 라면이다. 모두 다 환호성을 지른다. 그냥 라면이 아니라, 고도 4,410m 롯지에서 맛보는 한국 라면이다. 여기서 이런 호사를 누리다니. 부대찌개에 땅콩 볶음, 가지전에 오징어젓갈까지 짜고 매워도 입맛이 확 산다. 최고다. 복어처럼 부풀어 오른 믹스커피 봉지를 뻥 터트리며 뜨거운 물에 타서 마시는 맛도 끝내준다. 완벽한 저녁 만찬이다. 차트라가 여기 밤 기온은 기본이 영하 10도라 한다. 내일도 영하권이니 겨울 산행 복장 알아서 잘 챙기라 한다. 다행인 건 여기서 하루 더 머물기에 카고 백을 쌀 필요가 없다는 거다. 웬 횡재! 뜨거운 물 2통과 물주머니를 귀한 보물처럼 꼭 안고 방으로 돌아온다.

보온병 물로 이 닦고 고양이 세수한다. 물티슈로 발도 닦고 뒷물도 대신한다. 머리는 5일째 감지 못했다. 히말라야에서 득도하는 거 아닌가! 머리가 가렵고 떡진 게 제일 큰 문제다. 좀 긁다가 원래부터 나는 머리카락이 없었다고 중얼거리며 자기암시를 한다. 애 낳고 근 일주일간 머릴 감지 못했던 적도 있는데 이게 뭐라고 하면서. 물병과 물주머니로 데워진 침낭 속에서 모처럼 꼬르륵 깊은 잠 속으로 빠져든다.

03. 22. 수

히말라야 여신의 주제를 무슨 말로 어떻게

트레킹 Day 6. 딩보체-나카르상-딩보체

새벽 3시에 깨서 침낭 속에서 명상과 기도를 한다. 두세 번 깨긴 해도 머리가 맑다. 우모복을 뒤집어쓰고 일기를 쓴다. 침낭 속에선 물주머니와 물병 덕에 견딜만한데 침낭 지퍼를 열고 나오면 완전 얼음장이다. 복도 끝방이라서 더 추운가? 화장실 가기가 고역이다. 바가지로 큰 물통의 살얼음을 깨고 변기에 물을 붓는다. 변기가 통째로 얼었는지 물이 잘 내려가지 않는다. 에라, 모르겠다. 물티슈로 얼굴만 닦는다. 오늘은 4,000m대 고소적응일[29]이라 오전 중에 일정이 끝난다. 나카르상 피크 5,073m까지는 가지 않고 뷰 포인트가 좋은 4,800m까지만 올라갔다가 다시 딩보체로 내려오는 코스다. 여유로운 하루가 될 것 같다.

아침 메뉴는 들깨 감자국에 김치두부, 멸치볶음과 햄구이와 계란프라이로 진수성찬이다. 삶의 세 가지 기본요소인 의식주(衣食住)는 아무래도 순서가 잘못됐어. 뭐니 뭐니해도 생존의 최우선 조건은 식(食)이지. 차에 기름을 만땅으로 넣는 것처럼 맛있게 잘 먹은 한 끼는 몸에 에너지를 가득 채워주지. 옷이나 거주지는 그다음 문제야. 정성 가득한 아침상을 받고 개똥 철학자가

---

29 고소적응일은 고도가 1,000m씩 바뀔 때마다 한 번씩 쉬어 가는 날로 EBC 등정까지 총 두 번이다.

된다. 오늘도 잘 걸을 수 있겠다.

8시 출발. 의외로 날씨가 화창하다. 골목길을 따라 나카르상 초입으로 들어선다. 따가운 아침 햇살에 눈이 녹아 길이 질퍽거린다. 그래도 걷기는 그다지 힘들지 않다. 하늘이 새파랗다. 각국 트레커가 좀비처럼 골목 롯지 여기저기서 나와 나카르상을 향해 점점 모여들기 시작한다. 2인조 한국인 트레커한테서 들은 얘기다. 루클라 공항 경비행기가 우리가 뜨기 전날도 못 떴고, 그 뒤 이틀 동안이나 날씨가 나빠 뜨지 못했다고 한다. 아, 그랬구나. 우리가 정말 운이 좋은 거네. 인생은 운칠기삼(運七気三)이랬는데, 살아 보니 운구기일(運九気一)인 것 같다. 천지는 불인(不仁)하다. 인간이 아무리 노력해도 운이 나쁘면 비행기도 못 뜨고, 설산 등정도 불가능하다. 그날 아침도 긴가민가 맘 졸이다가 갑자기 날씨가 개어서 서둘러 경비행기를 탈 수 있었던 거다.

선두 가이드 간짜의 등산화 뒤꿈치를 보면서 찬찬히 올라간다. 간짜가 고소증이 오지 않도록 그야말로 비스파리[30] 비스파리 지그재그로 산길을 걸으면서 나를 인도한다. 참 좋은 가이드다. 산등성이에 초르텐이 있고, 네모난 석탑— 주룽 —이 몇 기 줄지어 서있다. 주룽은 등반 일을 하다가 죽은 셰르파를 기리는 탑이다. 고도가 조금씩 높아지니 히말라야 순백의 설산 뷰가 장관이다. 탐세르쿠 곁에 아마다블람, 그 곁에 캉데카가 있고 구름모자 쓴 마

---

30   네팔어로 '천천히'라는 뜻이다. '빨리빨리' 민족인 우리가 고산 설산에서 명심해야 할 말이다.

칼루 옆에 임자체가 서로 위용을 뽐내고 있다. 로체는 어렴풋하고 로부체와 졸라체 끝으로 코앞에 다보체가 파노라마로 펼쳐져 있는 설산 풍경. 참으로 장엄하고 광대하다. 히말라야 여신의 주제를 무슨 말로 어떻게 표현하고 이해하겠나. 그 앞에 서있는 것만으로 가슴이 벅차다. 하릴없이 박제된 사진으로 비경 한 조각을 담아가는 수밖에 없다. 오를 때 위를 쳐다보면 핑 돈다. 침묵하면서 아랠 보며 한발 한발 나아가야만 한다.

뒤따라오던 투덜 씨 한말씀 한다. "가다 쉬지 말고 계속 가야 덜 피곤하다"고 한다. "압니다. 근데요, 저 지금 쉬는 게 아니라 숨 고르는 중인데요. 불편하시면 먼저 가세요." 하니까 쓱 앞질러 간다. 각자 자기 패턴대로 가면 되지. 속도 내어 앞으로 가더니 곧 헉헉거리며 서서 쉰다. 크리아도 페레스가 『보이지 않는 여자들』에서 단 한 번도 사냥 비슷한 걸 해본 적 없는 남자가 여자 앞에서 자신에겐 사냥꾼의 피가 흐른다고 말한다더니. 그는 여성에 관해서 거대하고도 체계적인 무시를 당연시하는 세계관을 가진 자다. 참 다양한 사람을 길 위에서 만난다. 탐탁지 않은 인물이 의외로 많다. 반면교사로 삼아야지.

윤도인 선생이 전망 좋은 곳에 이르자 정좌를 하고는 해 돋는 곳을 향해서 명상 기도를 한다. 자연을 공경하여 스스로 삼가고 엄숙하다. 저게 접신 (接神)이지. 접신이 별건가! 삼라만상에 신이 깃들어 있다고 여기면서 자연을 순수한 마음으로 바라보고 경외하는 순간이 접신의 경지지. 몇몇이 이상한 눈빛으로 바라보면서 수군거린다. 동생분이랑 체력이 되는 데까지만 오르고 미련 없이 후미 가이드 니마랑 하산한다. 그러면 되는 거다. 산을 정복의 대상, 투쟁의 대상으로 여기는 자와는 격이 다르다.

각자 자기 앞길이나 신경 쓰면 좋겠다. 여자 둘은 늘 주목거리다. 빨리 가면 그리 가다간 퍼져서 못 간다, 천천히 가면 겨우 따라오네 한다. 웬 관심이 그리 많은지. 신경 안 쓴다. 나는 몸 근육보다 마음 근육이 더 세다. 숙소 로비에서도 술자리 수다에 안 끼고 일기나 쓰고 일정표나 본다고 핀잔이다. 쓸데없이 기록은 왜 하냐 별 간섭을 다 한다. 말문이 막힌다. 자리나 화제가 끼일 만해야지. 그러든 말든 아랑곳하지 않고 내 일을 한다. 다음 코스 지도 와 일정표를 보고 있으면 슬쩍 곁눈질은 한다. 참 못났다. 자기는 그런 거 안 봐도 자신 있다는 식의 오만함을 보이는 자도 있다. 만사 불여튼튼인데. 하물 며 일반인이 오를 수 있는 최고 고도 EBC와 칼라파타르 등정을 앞두고 어 찌 저리 경솔하고 교만한지, 쯔쯧! 코에 피딱지가 생기고 코피가 터지고 두통 이나 감기 몸살을 동반한 고산증에 시달리면서도 왜 저러는지 알다가도 모르 겠다.

급경사 고도를 400m나 높였기 때문에 숨이 차긴 하다. 천천히 가니 어느 덧 나카르상 4,800m 지점까지 왔다. 햇볕은 따갑고 바람은 무지 차다. 11시 다. 선크림을 다시 두껍게 바르고 하산 준비를 한다. 다들 미친 듯이 서둘러 내려간다. 나는 스틱을 길게 뽑아 들고 제일 끝에서 천천히 내려간다. 안 그 러면 발가락이 죄다 치인다. 맨 뒤에 대장 가이드 차트라가 따라오니까 걱정 할 건 없다. 미끄러운 길이 나오면 차트라가 눈빛으로 저쪽으로 가라고 알려 준다. 시크하지만 친절하고 성실한 가이드다. 먼저 내려간 자들이 고개에서 쉬고 있다. 여유롭게 「안개」를 흥얼거리며 내려가니 다시 휑 내려가 버린다. 난 내 페이스대로 천천히 내려간다.

　4시간 반 동안 참았던 요의와 함께 배까지 아프다. 마지막으로 믹스커피
가루를 봉지째 털어서 먹다 남은 보온병 물에 타서 마신 게 화근이다. 정신
없이 골목길을 뛰다시피 갔다. 숙소 화장실까지 갈 여유가 없다. 주방 옆 스
태프가 쓰는 화장실로 직행한다. 다행히 참사를 면하고 속도 시원하게 비우
게 됐다. 힘들었지만 걸을 만했던 나카르상 산행이 끝났다. 에린은 서둘러
도착해서 미지근한 물에 떡진 머리를 감고는 무지하게 개운해한다. 역시 젊
구나. 나는 머리가 떡쪄도 감기 끝에 고산증이 올까 두려워 엄두도 내지 못
하는데.

　허기가 진다. 다들 배고파한다. 갓 삶은 감자와 계란이 간식으로 먼저 나
온다. 소금·고춧가루·설탕 입맛대로 찍어 먹으라고 접시에 곱게 세팅해 놨
다. 삶은 계란과 감자가 순식간에 없어진다. 평소 감자를 좋아하지 않았다.
그런데 애기 감자 하나를 소금에 살짝 찍어 먹으니 꿀맛이다. 하기야 이 상황에 뭔들 맛나지 않으랴! 셰프 요리 솜씨가 장난이 아니다. 드디어 메인 메뉴가 나온다. 앞다투어 박수를 친다. 매콤한 라면에 파전. 난리가 났다. 기분 좋게 주린 배를 채운다. 식사 때마다 진심으로 셰프에게 감사의 쌍 따봉을 마구마구 날린다.

인간은 살기 위해 먹는가, 먹기 위해서 사는가? 고민할 것도 없다. 둘 다 맞다. 인간이 동물에 속함을 확실히 증명하는 순간이기도 하다. 돌아가신 어머니께서 늘 하시던 말씀이 생각난다. "먹고 죽은 귀신이 때깔도 곱다", "밥숟가락 놓으면 죽는다." 아침밥을 안 먹으면 책가방을 뺏고는 학교 갈 필요 없다며 손에 억지로 밥숟가락을 들게 하시던 어머니, 눈물 뚝뚝 흘리며 밥을 꾸역꾸역 삼키던 나를 물끄러미 지켜보시던 어머니가 그립다. 그래서일까? 지금도 마치 의식을 치르듯 아침밥은 반드시 챙겨 먹는다. 특히 집을 떠나면 의식적이든 무의식적이든 끼니를 더 잘 챙겨 먹는다. 그게 태생이 약골인 내가 지금껏 죽지 않고 살아올 수 있었던 비결이 아닌가 싶다. 또 하나, 약도 엄청 잘 챙겨 먹는다. 어머니께서 내게 남기신 귀중한 유산이다.

찬물로 이를 닦고 물티슈로 얼굴과 손발 닦기가 이제는 익숙하다. 양말 팬티 돌려막기도 마찬가지다. 하나로 최소 3일은 버텨야 한다. 이게 다 루크라 공항의 경비행기 무게 제한 탓이다. 달리 방법이 없다. 그래야 경비행기가 안전하게 뜰 수 있다고 하니까. 좀 추접지근한 것은 생존에 직결된 문제가 아니니까 분명 사소한 일임에 틀림이 없다. 먹다 남은 물병을 끌어안고 침낭에 들어가 몸을 잠시 누인다. 에린과 햇살 가득한 창가에 사선으로 누워서 살아온 이야기를 편안하게 하고 듣고 서로 위로하면서 격려한다. 둘 다 쥐띠에 엔프제로, 바지런하고 공감 능력 뛰어나며 열정적으로 자기 삶을 개척해 나가는 스타일이다. 죽이 척척 맞아서 참 좋다.

에린은 영어에 능통하고 스페인어, 일본어 실력도 만만찮다. 전반적으로 올드한 우리 팀의 의사소통을 전담한다. '네팔인데?' 할 거다. 네팔인 가이드나 로비 카운터 보는 이도 영어로 어느 정도 소통이 가능하다. 잡다한 민원 사항은 에린이 다 해결한다. 길 위나 롯지에서 다양한 국적의 외국인을 만나도 자연스럽게 대화가 가능한 언어 귀재다. 사랑스럽고 다재다능하며, 밝은 에너지를 가진 사람이다. 난 참 인복이 많다. 좋은 사람을 쿰부 히말라야에서 만나다니. 감사하다.

방에서 배낭과 카고 백 짐을 싸 둔다. 로비에 다시 와서 일기를 쓰고 내일 코스를 준비하다 보니 저녁때가 다 되어간다. 방에서 낮잠을 자는 이가 태반이다. 피곤해도 밤잠을 제대로 자기 위해서 낮에는 깨어있으려 한다. 나름의 전략이다. 가이드도 낮잠은 가급적이면 자지 않는 게 고산 예방에 도움이 된다고 한다. 스스로 약함을 인정하고 남의 말을 새겨들어서 작은 힘이라도 축적해 두는 것이 나만의 생존 비결이다. 드디어 저녁 시간. 된장국에 잡채가

압권이다. 맛있게 먹는다. 폰을 500루피에 충전하고 물통·보온병·물주머니에 뜨거운 물을 귀한 선물처럼 받아안고는 우리 방으로 기분 좋게 돌아간다.

침낭에 들어가서 편안히 누워 나의 탁월한 잠 기술에 대한 단상을 펼친다. 잠을 잘 잔다는 것은 결코 보잘것없는 기술이 아니다. 꾸준한 습(習)의 결과가 만든 소중한 생존 기술이다. 잠을 잘 자기 위해서는 마음이 평온해야 한다. 어떻게 해야 하지? 일차적으로 안전함을 느껴야 한다. 비록 좀 춥거나 덥더라도. 또한 약간의 경제력 부족도 단잠을 방해한다. 물론 사람마다 만족 정도가 다 다르긴 하다. 그리고 이웃이나 지인으로부터 적절한 평판을 받는 것도 중요하다. 스스로 믿는 신 앞에 덜 부끄럽고 심술궂은 이웃과도 잠들기 전에 화해해서 마음을 가볍게 해야 한다.[31] 그렇지 않으면 밤새 잠을 방해하는 온갖 상념에 사로잡히게 된다. 졸음이 오는 자는 행복하다. 슬슬 졸려온다. 잠의 여신 솜누스가 내 발목을 잡더니 나를 저 깊은 밤의 심연으로 데려간다.

03. 23. 목

---

31   니체의 『차라투스트라는 이렇게 말했다』 1부 중 「잠에 대하여」에 공감하여 참고했다.

죽음이 가득한 투클라 패스를 한 삶이 지나간다

트레킹 Day 7. 딩보체-투클라-로부제

4시에 깬다. 침낭 속에서 폰을 들고는 1시간 반가량 어제를 기억하며 암호문처럼 기록한다. 팔이 저린다. 침상 기도를 마치고 나서 모닝콜 레몬 꿀차 한 잔으로 새로운 아침을 연다. 몸이 따뜻해 온다. 배낭과 카고 백을 정리한다. 빙하 계곡에서 부는 바람이 엄청나게 차다고 하니 방한복과 방한모, 털 버프와 털장갑을 준비해야겠다. 아침마다 으레 침낭을 커버에 넣을 때 생 똥을 싼다. 짐과의 전쟁. 팔심과 손힘이 거의 없는 데다 피하낭종 수술을 한 오른쪽 어깨 통증으로 출발도 하기 전에 진을 다 뺀다. 식전에 약을 챙겨 먹는 게 낫겠다. 헐! 공진단이 얼었다. 약을 먹는데도 애를 먹는다.

그래도 아침 밥상만은 근사하다. 미역국에 계란말이, 김과 햄구이에 7첩 반상[32]이 입맛을 돋운다. 황후의 밥상. 감사하다. 힘이 솟는다. 셰프의 수고로움이 느껴져 더 맛이 있나 보다. 카고 백을 내놓고는 출발하려고 마당으로 나온다. 롯지 돌담 위에 중년 여인이 눈향나무 마른 잎과 가지로 연기를 피우고 있다. 마당이 향내 머금은 연기로 자욱하다. 우리나라에서 기도하거나 명상할 때 향을 피우는 것과 유사하다. 네팔 현지인의 아침을 여는 의식인가?

32　몇 첩 반상에서 반찬 수인 첩에는 밥·국·김치·장은 제외된다. 나는 대충 헤아린 것이다.

드디어 롯지를 떠나 골목길을 줄지어 걸어간다. 나 홀로 비장하다.

아마다블람과 다보체와 촐라체. 설산의 파노라마로 둘러싸인 페라체 너른 평원에 야크 떼가 마른 풀을 뜯고 있다. 자갈돌투성이인 흙갈색 너른 평원에 키 작은 관목들이 듬성듬성 널려 있다. 스산하기 짝이 없는 풍경이다. 그 너머 순백으로 빛나는 날카로운 설산이 부정형 톱날이 되어 새파란 하늘과 흰 구름을 찢어발기며 치솟아 있는 광경. 을씨년스러운데도 기막히게 아름답다. 군데군데 모여있는 짙은 고동색 눈향나무 군락이 그나마 삭막함을 덜어준다. 눈 비탈과 평원의 사선이 교차하는 머나먼 지점을 향해, 고독한 뚜벅이가 가는 점선을 찍으며 하염없이 걸어간다. 앞에 가는 야크 떼. 커다란 카고 백 두 개를 양쪽으로 짊어지고 거친 언덕 돌길을 묵묵히 걷고 있다. 어떤 야크는 식용으로, 어떤 야크는 포터로 한 생을 산다. 우주 만유가 다 인연으로 이어진다는데, 지금 저 야크, 거부할 수 없는 인연의 인드라망으로 이 평원에서 내 짐을 대신 지고 가네.

후미에서 깊은숨을 천천히 내쉬며 한발 한발 올라간다. 오늘은 4,410m의 딩보체에서 출발하여 고도를 500m 이상 올리는 코스라 고소증이 올 위험이 아주 크다. 최대한 천천히 걷고 체온을 유지하면서 가야지. 사이드 백에서 보온병을 꺼내 수시로 따뜻한 물을 마신다. 후미에서 걸으니 마음이 한결 편하다. 윤도인 선생과 동생분이 늘 끝에서 받쳐주어 고맙기까지 하다. 에린이와 내가 꼴찌였으면 앞서가는 멤버에게 분명히 씹혔을 텐데. 그나마 두 분이 계셔서 안주 신세는 면했다. 천천히 걸어서 피해 준 게 없는데 왜 그러는지!

언덕 위에 올라선다. 아래에 황량한 회백색 바닥이 보이는 계곡과 바윗덩어리로 이루어진 너덜지대가 보인다. 박제된 티라노사우루스의 등뼈와 갈비뼈 같다. 빙하 계곡이라 그런지 바람이 꽤나 차다. 그나마 햇살이 내리쬐어서 추위를 견디며 걷는다. 코를 훌쩍이며 터벅터벅 걷다가 뼈 시린 고독감에 빠져든다. 무지막지한 설산, 황량한 벌판 움푹 팬 계곡에 나 혼자 뚝 떨어진 것 같다. B612별에서 지구별 사막으로 불시착한 어린 왕자도 이런 심정이었겠지. 불현듯 아버지 어머니가 사무치게 그립다. 마음속 깊이 감사드린다. 이리 강단진 몸과 마음을 주셔서 감사합니다. 히말라야 여신에게도 감사한다. 좋은 날씨로 나를 기꺼이 품어주셔서 감사합니다.

멈추어 쉬면서 뒤돌아본다. 순백의 눈으로 뒤덮인 검은 암벽의, 칼날 같은 촐라체가 흰 구름을 큰 붓에 찍어 새파란 하늘에 과감하게 쓱 그어놓았다.

히말라야 여신이 벌이는 변화무쌍한 매직쇼를 직관한다. 숨이 멎을 것 같은 황홀감에 휩싸인다. 자유의지로 이곳까지 와서 디오니소스를 추종하는 사티로스[33]가 되어 기기묘묘한 비경에 사로잡혀 황홀한 기쁨을 맛본다. 당당하게 자유롭게 허허롭게 창공을 날며 춤추고 싶다. 힘들어도 잘 견디어서 이런 진풍경을 접하는구나. 회백색 너덜겅 바윗돌 무더기 아래로 백옥빛 강물이 돌돌돌 흐르고 있다. 두드코시강의 시원(始原)인 에베레스트가 점점 가까워지고 있음이 분명하다.

개울 사이에 놓인 좁은 나무다리를 건넌다. 나무 판떼기가 삭아 구멍이 뚫린 곳은 넓적한 돌로 메꿔놨다. 각설이 다리다. 야크가 지나가면 꺼질 것 같은데 야크가 잘도 지나간다. 놀라운 다리. 드디어 저만치 투클라가 보인다.

---

33 니체의 『비극의 탄생』에서 사티로스는 그리스인에게 인간의 원형. 인간이 가질 수 있는 최고의. 가장 강렬한 감동의 표현을 나타낸다고 하였다. 사티로스는 그리스 신화에 등장하는 반수 반인으로 자연의 정령이다.

11시 20분. 200m 정도를 오른 셈이다. 4,620m에 위치한 투클라 롯지에 도착해 꿀맛 같은 점심을 먹는다. 뜨끈한 야채국에 감자전, 꽁치구이와 콩볶음, 버섯·피망·양파볶음에 무채 등으로 맛깔나다. 한 30분 쉬었다. 12시 반에 다시 4,910m의 로부제로 올라가야 한다. 짧은 휴식이라 더 소중하다. 장비를 정비하고 출발한다.

오늘 최종 목적지는 거의 5,000m에 임박한 로부제다. 이 고도에서 내가 아직도 고산증을 견디고 있다니 기적 같다. 모두 지쳤나! 차트라에게 얼마나 더 가야 하는지, 길은 경삿길인지 평지길인지 애들 보채듯이 자꾸 물어 쌓는다. 차트라가 대답을 해줘도 정신이 오락가락하는지 횡설수설하며 귀찮게 물어댄다. 판도라 상자에 마지막 남은 재앙인 헛된 희망을 품으며 길이 다 끝나갈 거라는 기대를 품어본다. 이제부턴 지금까지 걸어온 길보다는 나을 거라 굳게 믿으며 발걸음을 뗀다. 그나마 경사는 그리 급하지 않다.

고갯마루에 오르니 언덕배기에 주롱이 여기저기 널려있다. 주롱은 에베레스트를 등정하다가 사망한 셰르파와 산악인을 기리는 탑을 이른다. 이 바람 부는 투클라 패스[34] 전체가 망자를 기리는 추모공간이 되어있다. 윤도인 선생은 너럭바위에 앉아 기도를 드리고 있고, 나는 그 곁에 합장하고 서서 추모한다. 황량하게 널려있는 낡은 주롱 사이에 한국 산악인 추모탑 하나를 발

---

34 쿰부 히말라야에서 패스는 험한 고갯마루 길을 칭한다.

견한다. 가슴이 쿵 내려앉는다. "송원빈, 에베레스트의 별이 되다."라고 쓰여 있다. 머리를 숙이고 그가 바람이 되어 투클라 패스에 자유롭게 머물기를 빈다. 이끼를 두텁게 덮어쓴 마니석과 바람에 격렬하게 휘날리는 오색 룽다. 모두 에베레스트에 묻힌 산 사람의 지친 영혼을 달래주겠지. 죽음이 가득한 투클라 패스를 한 삶이 지나간다. 죽음으로 삶을 완성한 자의 휴식처를 아직 삶을 살아내고 있는 자가 잠시 기웃거리다가 지나간다.

요술 부리듯 바람이 구름을 휘몰아 설봉을 드러냈다가 순간 싹 사라지게 한다. 순백의 구름이 시퍼런 구름으로 변하면서 창공을 갈가리 찢어놓기도 한다. 감탄사가 거친 숨소리 사이로 새어 나온다. 나올 박사가 뒤처져 힘겹게 걷고 있는 나를 위로한다. 빨리 가봤자 쉬다가 체온만 떨어진다면서 멋진 뷰 포인트니 서라면서 독사진을 찍어준다. 고맙다. 길 걷다가 사진을 찍는 건 찍는 자나 찍히는 자 모두에게 짧지만 귀한 쉼을 제공하는 행위이다.

혼수상태로 비몽사몽 무거운 발걸음 겨우 떼고 걷는 데 돌아가는 모퉁이에서 나올 박사가 "다 왔다, 저기 모퉁이만 돌면 로부제다."라고 한다. 백리 중 항상 마지막 남은 십 리가 사람을 미치게 한다. "백 리를 가는 사람은 구십 리를 반으로 생각해야 한다"는 『시경』의 글귀를 명심하고는 있다. 거의 다 왔다 하더라도 '이제 반 왔구나!' 하는 심정으로 끝까지 최선을 다해 걸어가야 한다. 근데 그게 잘 안된다. 맥이 풀려 휘청거리는 다리를 억지로 달래가며 로부제 롯지까지 내려간다. 차트라가 마중 나와 안내를 해준다. 아, 마침내 도착했다. 황량한 페라체 평원과 투클라 패스 약 9㎞를 8시간 정도 걸어서 왔다.

팝콘과 뜨끈한 갈릭 수프와 진저티를 준다. 환상적인 맛의 궁합이다. 갈릭 수프와 진저티는 고산증 예방약이란다. 갈릭 수프를 더 달래서 마신다. 온기가 손끝까지 저릿하게 만든다. 추운 한데에 있다가 갑자기 따뜻한 곳에 들어와 따뜻한 게 몸에 들어가면 이리된다. 사람이 많지 않아 다행히 다인실 대신 이인실을 쓸 수 있단다. 근데 숙소 방에 들어가 보니 완전 냉동고다. 춥고 습해서 짐 정리할 때도 두꺼운 장갑을 껴야 할 판이다. 밤은 영하 15도라 한다. 조그만 창은 바깥 냉기를 고스란히 전한다. 예상은 했으나 온몸으로 와닿는 극심한 추위에 빨리 방을 벗어나 로비로 간다.

우모복에 야크 바지를 껴입고 털모자를 쓰고는 종종걸음으로 로비 난로 곁으로 간다. 빈자리가 없다. 덩치가 작아서 이럴 때는 유리하다. 의자 하나를 들고 비집고 들어가 앉는다. 추위 앞에 체면도 뭣도 없다. 몸이 녹으니 정신도 따라 녹아내린다. 멍해지면서 졸린다. 게다가 기름을 부어 장작을 태우니 매캐한 냄새가 로비에 가득해 머리가 띵하다. 긴 의자에 기대어 내일 코스를 살피다가 꾸벅꾸벅 존다. 앉아 졸다가 급기야 드러누워 쪽잠에 빠진다. 어느덧 저녁 시간이다. 메뉴는 육개장에 콩나물야채무침에 콜리플라워 튀김에 오징어젓갈이다. 그중 매콤한 육개장과 짭조름한 오징어젓갈이 단연 입맛을 돋운다. 육개장은 내 소울푸드 중 하나로 정말 맛있다. 게다가 디저트로 나온 달콤한 통조림 모둠 과일이 정점을 찍는다. 피로가 싹 가신다. 행복하다.

고산약과 비타민C를 챙겨 먹고 찻물로 이를 닦고 티슈로 세수한다. 머리 못 감은지가 일주일째다. 내 인내심의 끝은 어디까지일까? 고산병에 걸려 하산하기보다는 차라리 가려워도 참고 또 참는 게 낫다. 폰 충전한 걸 찾고 물주머니를 안고는 용기를 내어 얼음 방으로 간다. 물주머니와 물병을 껴안고 바로 침낭으로 기어서 들어간다. 너무 추워 아예 침낭 밖으로 머리를 내밀지 않고 동면에 든 곰처럼 꼼짝없이 죽어 잔다.

03. 24. 금

버킷리스트, 꿈에서나 그리던 EBC 등정 순간

4,910m의 로부제. 고도 탓인지 영하 15도의 맹추위 탓인지 새벽에 저절로 잠이 깬다. 억지로 누워있기도 힘들다. 3시경, 한 시간가량 알아보기도 힘든 날치기 기록을 한다. 어깨와 팔이 저리고 아파 몇 번이나 쓰고 멈추기를 반복한다. 침낭 속은 비좁고 어둡고 열악하다. 하지만 메모하지 않아 소중한 기억이 얽혀버리거나 연기처럼 사라지는 것보다야 몸이 좀 고달픈 게 낫다. 나는 독한 인간일까? 그건 아니고 좋아하는 건 숨어서라도 해야 직성이 풀리는 어린애 같은 인간이지.

니체가 『차라투스트라는 이렇게 말했다』에서 인간 정신의 세 가지 변화에 대해 말했다. 인간의 정신은 낙타가 되고, 낙타가 사자가 되고, 마지막으로 사자가 아이가 된다는 변화에 대해서. 처음에는 참을성을 가지고 무조건 순종하는 낙타 같은 정신이다. 다음에는 자유를 찾아서 자기 의지로써 아닌 건 아니라고 단호하게 부정할 줄 아는 사자 같은 정신으로 변화한다. 마지막으로는 새로운 시작이자 유희이며 스스로 굴러가는 바퀴이고, 최초의 움직임이며 성스러운 긍정인 아이 같은 정신으로의 변화이다. 낙타로 살다가 어느 순간 어떤 소리에도 놀라지 않는 용기 있는 사자가 되었다가 어느결에 아무런 걸림 없이 스스로 주사위를 던지고 수레바퀴를 굴리며 자유로이 노는 어린아이가 되기를 원한다. 나는 지금 낙타일까 사자일까 어린아이일까?

콧속이 너무 건조하고 따갑다. 에린은 피딱지가 생기고 놀자 씨는 피딱지가 떨어져 코피까지 났다고 한다. 마스크를 쓰고 털워머를 두르고 우모복을 뒤집어쓰고 자서 그런지 나는 그나마 이 정도다. 얼어붙은 첫새벽에 기뻐할 일 하나. 열악한 환경에도 불구하고 모닝 똥을 눈 거다. 길한 징조다. 일단 몸이 가벼워지니까. 험로 걷기엔 아주 유리한 조건이다. 차트라가 오늘은 567로 한 시간씩 당겨 일정을 시작할 거라고 한다. 대망의 5,364m의 EBC-에베레스트 베이스캠프 - 등정 날이라 오늘이 가장 힘든 여정이 될 거란다. 아침이 몹시 분주하다. 보온병 물 한 잔으로 이 닦고 물티슈 한 장으로 얼굴 닦고 끝. 신속하다. 그래도 스킨·로션·선크림은 꼼꼼히 챙겨 바른다. 이상한 루틴이다. 이래도 되나? 된다. 다른 답이 없으니까. 레몬 꿀차 한 잔을 마시면서 각종 영양제와 고산 예방약을 털어넣는다. 짐을 후다닥 싸고 얼른 방에서 탈출한다. 방이 추워도 너무 춥다.

6시의 이른 아침 식사. 메뉴는 뭇국에 계란프라이, 햄구이와 김, 멸치볶음이다. 다들 고산증세로 입맛이 없다. 입안이 까칠하지만 억지로 밥 반 공기를 국에 말아 먹는다. 셈은 언제나 정확하다. 인풋이 없으면 아웃풋도 없다. 오늘은 더구나 클라이맥스를 향해 가는 가장 험한 코스니까 더욱 에너지가 필요하다. 밤새 언 설산의 창백한 눈빛으로 어스름 새벽 기운이 시리디시린 아침 풍경. 신비롭다 못해 경외감마저 든다. 6시 50분, 어둑어둑한 새벽 첫 길에 조심스레 첫발을 내디딘다.

우모복에 남체에서 산 솜바지를 입고 털 방한모와 워머를 쓰고 속 양말에 양모 겉 양말까지 신어서 어느 정도 추위는 견딜만하다. 그런데 유독 스틱 쥔 손가락이 시려 떨어져 나갈 것 같다. 세상에, 지금껏 살면서 겨울에 이리 손이 시린 적이 있었던가! 얼른 가장 두꺼운 털장갑으로 바꾸어 낀다. 오전은 5,180m의 고락셉까지 가서 점심을 먹고, 오후는 5,364m의 EBC 등정을 마치고 다시 고락셉으로 돌아오는 일정이다.

빙하지대라 아침 해 뜨기 직전이 무지하게 춥다. 제발 해야 솟아라 해야 솟아라. 말갛게 씻은 얼굴 고운 해야 솟아라. 드디어 저 멀리 검푸른 에베레스트 뒤 검붉은 아침놀을 뚫고 햇살이 번져 나온다. 태양신께 경배라도 드리고 싶다. 빙하 계곡 능선길 아침 햇살이 내리쬐는 공간은 밝고 고운 흙 빛깔이고, 반대편 그늘진 공간은 검푸르고 시린 눈 빛깔이다. 햇볕의 유무가 아폴론의 천국과 하데스의 지옥을 확연히 구분 짓는 평원을 무심히 가로지르며 간다. 서서히 열이 나고 햇살마저 비치니 추위가 조금씩 가신다. 선선한 느낌마저 든다.

계곡 능선길을 파도 타듯 오르락내리락 걷는다. 정면에 우뚝 솟은 푸모리 설봉을 등대 삼아 무념무상 하염없이 걷는 길. 고독하다. 스스로 성장할 기회를 얻기 위해 자유의지로 선택한 고독. 자유롭고 대담하고 경쾌한 고독이라 하자. 인간과 야크와 말이 다니는 좁은 들판 길이 평지에서 30㎝는 더 되게 움푹 패어 있다. 불규칙하게 팬 길의 깊이와 에베레스트를 오르고자 하는 인간 욕망의 깊이는 비례하겠지. 뾰족하고 새하얀 푸모리 곁에 검독수리 대가리처럼 에베레스트가 검은 머리를 들이밀고 있다. 저 에베레스트 중턱 어딘가에 목적지이자 버킷리스트인 EBC가 숨어있겠지. 앞서 씩씩하게 잘 걷던 에린이 어쭙잖은 길에서 픽 넘어진다. 조심하라 했다. 괜찮다면서 씨익 웃는다. 이때는 몰랐다. 이 친구가 고산증에 걸린걸.

사방이 순백의 설산으로 에워 쌓인 황량한 분지 한가운데, 낡은 롯지 몇 채가 궁상맞게 웅크리고 있다. 스산한 바람이 휘도는 을씨년스런 풍경이다. 11시 반. 드디어 5,180m에 위치한 고락셉에 도착한다. 내가 살다가 5,000m 이상의 고지에 오르다니. 대견하고 자랑스럽다. 아직 두통이나 별다른 고산 증상은 없다. 숨만 좀 가쁘다. 점심이 나온다. 짜장밥에 감자전, 소시지볶음과 야채볶음, 건새우 고추장볶음. 거룩한 한낮의 점심상이다. 애써 만든 한 끼에 다시 살아나서 걷게 된다.

인간은 절대 교만할 수 없으며, 함께 살아가야 함을 절감한다. 감사하다. 태생적으로 에너지를 오래 비축하지 못하는 나. 쉬이 배가 고프고 쉬이 배가 부르다. 그러니 하루 세 끼가 얼마나 소중하겠나! 한 끼라도 거르면 거의 이성을 잃는다. 다른 건 곧잘 참아내는데 끼니를 거르면 심신이 다운된다. 식은땀이 나고 얼굴이 창백해지고 힘달가지가 하나도 없어진다. 뭐라도 먹으면 곧바로 괜찮아진다. 별난 체질이니 어쩌랴. 그리 생긴 나를 받아들여야지. 그래서 내겐 한 끼 한 끼가 소중한 생명줄이다.

12시 반. 고락셉을 출발해 EBC로 향한다. 여기부터는 길이라기엔 너무나 길 같잖다. 부정형의 바윗돌과 자갈돌이 불규칙적으로 쌓인 너덜겅이 한없이 계속되는 언덕길이다. 말이나 야크 똥 먼지가 풀풀 날리던 흙길이 그립다. 불인을 넘어서 잔인하기까지 한 너덜겅 돌길. 스틱이 돌 틈에 꽂혀 휘청한다. 얼른 중심을 잡고 뽑아낸다, 휴우. 바위나 자갈이 심하게 건덕거려 발목이 몇 번이나 접질릴 뻔했다. 무르팍이 시큰거린다. 무릎보호대도 별 소용이 없다. 어디다 발을 디뎌야지! 육사의 「절정」속 시적 화자와 같은 심정이다. 다리에 힘이 빠져 휘우듬 비틀거린다. 큰 바위라도 있으면 손을 짚고 가기도 한다. 초긴장 상태의 연속이다.

말똥이나 야크똥이 철푸덕 쌓인 자갈 돌길이 그나마 안전하다. 짐승도 저 살려고 신중히 밟고 지나간 길이니까. 길라잡이 똥 덩어리가 고맙다. 살얼음판 걷듯 한 발 한 발 조심 또 조심하면서 똥 덩어리 표식을 디디고 나아간다. 에린이 또 자빠진다. 벌써 세 번째다. 주위에서 걱정하니까 "모두 제게

관심이 많군요." 하면서 실없는 웃음을 웃는다. 아무래도 이상하다! 나중에 알고 보니 고산증으로 일종의 환각 상태에서 보이는 행동이라 한다, 에고! 흔들거리는 자갈길이나 바윗길의 위험을 제대로 인식하지 못하고 있다. 차트라가 유심히 관찰하면서 바짝 붙어 따라간다.

윤도인 선생과 동생은 자신들이 걷기에 너무 힘든 길이라 판단해서 말을 타기로 한다. 말이나 야크도 너덜길에서 꼬꾸라지는 걸 봤다. 이런 험로에 말을 타는 게 과연 안전할까? 그런데 웬걸! 두 분은 말 목장도 운영했고, 말 조련 자격증도 있는 베테랑이었다. 사극 드라마 찍을 때 배우에게 말 타는 법을 직접 가르치기도 했다고 한다. 놀랍다. 일 인당 왕복 이십만 원 정도 하는 마비를 흔쾌히 지불하고 말을 탄다. 순백의 설산을 배경으로 너덜겅 황무지를 유유히 말을 타고 가는 두 분의 실루엣. 정말 신기하고 멋지다. 말의 리듬

에 자기 몸을 온전히 맡기며 참으로 편안하게 말을 타고 간다. 육사의 「광야」
에 나오는 백마 탄 초인이 따로 없다. 부럽다. 나도 말 타고 가고 싶다. 아서
라, 꿈 깨라. 무서워 근처에도 못 가는 주제에. 믿을 거라고는 오직 내 다리
와 발뿐이다. 자각하자. 그래, 가자 가보자.

각국의 트레커가 웅성거리며 모인 곳이 보이기 시작한다. 꿈에서나 그리던
버킷리스트인 EBC에 도착한 건가, 정말? 긴장이 풀려 다리가 휘청한다. 눈
쌓인 흙길이 나오면서 빛바랜 룽다가 이리저리 걸려있는 커다란 너럭바위가
보인다. 아, 마침내 내가 왔구나! 바위 전면에 붉은 페인트로 "EVEREST
BASE CAMP 5,364m"라 써놨다. 여기가 바로 에베레스트 베이스캠프구
나. 다들 환호성을 지르며 기념사진을 찍느라 난리가 났다. 나도 마찬가지
다. 줄을 서서 흔쾌히 차례를 기다린다. 다리도 짧고 남은 힘이 없어서 혼자
선 도저히 큰 바위에 올라갈 수가 없다. 니마가 받쳐줘서 겨우 올라간다. 칼
바람 부는 바위 위에 혼자 선다. 두려워 허리를 곧추세우지 못한다. 두 발

을 엉거주춤 벌리고 만세 포즈로 기념사진을 찍는다. 창공 저 구름 너머엔 8,848m의 에베레스트 정상이 있겠지. 아, 내가 드디어 여기까지 왔구나. EBC 등정 순간. 한없이 벅차면서도 헛헛하다.

우연히 니마에 의해 포착된 사진 한 장. 바위 위 검은 실루엣의 작은 사람이 있다. 검회색 바위에서 두 팔을 벌리고 등을 보이며 강풍에 뒤로 밀리지 않으려고 버티고 서있다.[35] 찢어졌다 붙기를 반복하는 구름 떼 뒤에, 순백의 눈더미가 시커먼 암벽을 뒤덮은 에베레스트를 응시하고 있다. 설산 위 기기묘묘한 빛깔을 띤 광대무변한 창공. 하얀 뭉게구름이 순식간에 흩어지고 모이기를 반복하면서 변화무쌍한 매직쇼가 벌어진다. 흰 구름 떼와 끝 모를 우주의 심연. 창공의 깊이에 따라 검은빛, 검푸른빛, 푸른빛, 연푸른빛, 검회색빛, 잿빛으로 명도와 채도를 달리하면서 벌이는 하늘빛의 향연 앞에 넋을 잃는다. 웅장하고 위엄있고 엄숙하고 거대한 자연 앞에 참으로 작디작은 내가 서있다.

---

35 고소공포증도 있고 해서 사실 속으로는 겁이 나서 엄청 떨며 서 있었다.

찰나의 순간이나마 위버멘쉬가 되어본다. 강한 자기애로 내 앞의 생을 긍정하면서 어떤 시련이 닥쳐도 용감하게 헤쳐나가며 능동적으로 살아와서 지금 무사히 EBC에 올랐다. 무모한 미래로의 전진과 근원에로의 후퇴[36]를 수없이 반복하면서 여기까지 왔다. 바람이 세차게 분다. 허리를 펴고 중심을 잡으려고 애쓴다. 가슴 가득 품고 온 사랑하는 이가 떠오른다. 불현듯 딸과 가을에 태어날 아기가 생각나 가슴이 벅차오른다. 혼자 힘으로 걸은 게 아니다. 고독한 그리움이 큰 힘이 되었다.

나는 독립적이며 자신에게 스스로 명령할 수 있는 사람이 되고자 한다. 더러는 자유의지로 내게 시련을 주기도 한다. 어쩌면 위험한 놀이일지라도 때가 늦으면 더 이상 못할 것 같아 망설임 없이 바로 실행하기도 한다. 그건 어

36 보후밀 흐라발은 『너무 시끄러운 고독』에서 프로그레수스 아드 푸투룸(progressus ad futurum) '미래로의 전진'과 레그레수스 아드 오리기넴(regressus ad originem) '근원으로의 후퇴'가 반복되는 것이 우리의 삶이라 했다.

떤 판관(判官)도 없는, 자신만이 증인인 약속이다. 누구에게 매달릴 수 없는, 오직 나만을 위한 일. 멀고 낯설고 힘든 욕망에는 위험과 고통이 따르기 마련이다. 이런 내가 지금 여기 EBC에 나를 세워놓았다. 허허롭다. 단속성(斷續性).[37] 미친 듯이 앞을 향해 나아가다가 때가 되면 순간 미련 없이 내려오기를 반복하는 게 인생이 아닐까. 가자, 뒤돌아보지 말고 선선히 내려가자. 니마가 내려올 때도 안전하게 받쳐준다. 참으로 고마운 인연이다.

3시다. 지체 없이 내려간다. 하산길은 더 집중해야 한다. 몸만 풀린 게 아니라 마음도 따라 풀려있으니까. 그래도 하산길이라 마음이 한결 가볍다. EBC에 무얼 내려놓고 왔을까? 「취권」 주인공 성룡처럼 휘청휘청하면서도 한 마리 날다람쥐가 되어 내려간다. 바람 부는 하산길에 찍은 사진 한 장. 마스크로 표정은 보이지 않지만 환한 미소를 띠고 있는 게 분명하다. 방한모 양쪽 귀와 뺨을 감싼 덮개가 작은 날개가 되어 펄럭이고 있다. 날갯짓하며 바람을 타고 나는 히말라야 요정이 된 듯하다. 왠지 날아오를 것 같다. 희한하다. 이리 가벼울 수가! 5시 15분, 마침내 고락셉에 도착했다. 오늘이 이번 여정의 하이라이트였다. 약 8㎞를 거의 10시간 만에 사고 없이 걸어 냈다. 몸은 너덜너덜하나 마음은 뿌듯하고 그득하다.

---

37 린드버그는 『바다의 선물』에서 모든 인간관계의 날개 달린 삶, 변함없는 간만, 그 불가피함을 단속성(斷續性)이란 개념으로 표현하고 있다. 어떻게 하면 인간 존재가 밀물과 썰물을 헤치고 살아 나가는 것을 배울 수 있을까에 대해서 깊이 사색하고 있다.

저녁은 김치찌개에 감자전, 녹두전에 버섯볶음, 땅콩조림에 오징어젓갈이다. 힘든 하루를 충분히 보상받는다. 차트라가 내일 새벽 칼라파타르에 오를 인원을 확인한다. 오늘 EBC 트레킹이 얼마나 힘들었는지 다들 퍼져버렸다. 신청자가 남자 중에서는 떠버리 한 사람뿐이다. 에린은 고산증이 심해 산소포화도가 36까지 떨어져 혼절 상태로 저녁도 거르고 몸져누워 있다. 내일 일정에 명시되어 있고, 5,545m의 칼라파타르는 일반인이 오를 수 있는 쿰부 히말라야 최고 높이의 산이라 판단되어서 나도 간다고 했다. 결국 팀원 열 명 중 두 사람만 간다고 신청한 거다.

이때 떠버리가 대놓고 자기 속도와 맞지 않는 사람과 함께 갈 수 없다며 가이드에게 소리 높여 어필한다. 내가 바로 뒤에 있는데도. 순간 뚜껑이 열렸다. 바로 대적한다. 일정에 있고 각자 자기 페이스대로 가면 되지, 왜 시작도 하기 전에 말도 안 되는 소릴 하냐고. 차트라가 바로 중재에 나선다. 두 명만 가니까 가이드가 각각 한 명씩 붙을 수 있어서 전혀 문제가 되지 않는다고 했다. 간단하게 언쟁을 해결한다. 어처구니가 없다.

차트라가 내게 살짝 우리말에 능통하고 배려심 많은 간짜를 붙여줄 테니 걱정하지 말라고 위로한다. 새벽에 그자보다 30분 일찍 출발하면 충분히 등정 가능하다고 나를 안심시킨다. 너무 고맙다. 두고 봐라, 내가 못 가나! 어디서 시건방을 저리도 떠는지. 살다가 여자를 대놓고 저리 무시하는 인간은 처음 본다. 반드시 칼라파타르에 올라 본때를 보여주마. 분기탱천한다. 방에 돌아와 새벽 3시에 알람을 맞춰놓고 칼라파타르에 오를 준비물을 챙기고는 잠자리에 든다.

　마음을 가라앉히며 생각에 잠긴다. 일상에서라면 결코 만날 수 없는, 나와 인연이 먼 다양한 인간군상을 낯선 타지에서 만난다. 격리된 열악한 공간에서 함께 생활하면서 각자의 민낯을 보게 된다. 스스로 선택한 여행이 낯선 공간에 나를 유폐해서, 기쁨과 즐거움 못지않게 실망과 경악을 안겨주기도 한다. 그래. 여행이 이 모든 미지의 날것을 체험케 하면서 나를 변화시키고 있다. 빅토르 위고의 말처럼 고향을 달콤하게 여기는 이는 아직 미숙아다. 더 성숙한 이는 모든 곳을 고향으로 느끼는 코스모폴리탄─ 세계시민 ─이고, 완전히 성숙한 사람은 모든 곳을 타향이라고 여기는 디아스포라─ 이방인 ─다. 성숙한 이방인에게는 고통이 따르는 법. 난 미숙아나 세계시민이기보다 성숙한 이방인이고자 한다. 조금씩 날 선 마음이 가라앉는다. 조금씩 마음이 편안해진다.

03. 25. 토

Part 3.

5,545m 칼라파타르 정상 매서운 추위 속에서

트레킹 Day 9. 고락셉-칼라파타르-페리체

3시에 맞춰 둔 알람 소리에 벌떡 일어난다. 간밤 챙겨둔 배낭과 복장을 재차 살핀다. 3시 반 간짜가 누룽지탕과 꿀차를 가지고 왔다. 아픈 에린이 깰까 봐 헤드랜턴을 끼고 배낭을 챙기다가 그만 안경을 깔고 앉는 불상사가 발생한다. 안경다리가 부러졌다. 침낭에 딸려 들어가서 틀어진 안경을 지금껏 간신히 걸치고 다녔는데, 헐! 에라, 모르겠다. 지금은 이 사태를 걱정할 여유가 없다. 누룽지탕은 엊저녁에 굶고 잔 에린이 먹으라고 두었다. 꿀차 한 잔과 보온병 물과 간단한 행동식만 챙긴다. 예정 출발 시간보다 30분 이른 새벽 4시. 간짜랑 둘이 헤드랜턴을 밝히고 비장하게 새벽 산행길을 나선다.

첫새벽이라도 어제 아침보다는 춥지 않다. 사위가 온통 컴컴하다. 우모복과 솜바지에 방한모, 아이젠에 스패츠, 고글까지 착용하고 어두운 산길 초입에 홀로 선 나. 생경하다. 고락셉 정면에 우뚝 솟아있는 저 시커먼 형체가 바로 칼라파타르구나. 컴컴한 산 그림자 한가운데 점점이 반짝거리는 작은 불빛. 금빛 점선을 이루며 어둠을 밝히고 있다. 첫새벽 칼라파타르 등정을 꿈꾸는 트레커들의 염원을 담은 헤드랜턴 불빛이다. 새벽하늘을 수놓은 별빛 못지않게 명징하게 빛난다. 인위가 자연이 되어 반딧불이처럼 아름다운 빛을

발하는 귀한 광경이다.

초입, 흙이 섞인 자갈 돌길은 경사가 무지 급하다. 간짜가 심호흡을 가르친다. 후우, 하아가 아니라 단전 있는 데까지 깊숙이 들이마셨다가 천천히 숨을 뱉으라고 한다. 그가 팔자걸음으로 한 발씩 뒤꿈치를 툭툭 치면서 천천히 경삿길을 오르고 있다. 초행자에게 길을 참 편안하게 안내한다. 간짜는 진정한 프로 가이드다. 그리곤 말없이 내 배낭을 내려서 자기 배낭 위에 척 얹어놓는다. 괜찮다고 했다. 그도 괜찮다며 전혀 무겁지 않다고 한다. 엄마 나이뻘인 나를 배려한 스윗한 상남자의 배려심. 고맙고 힘이 난다. 길 위에서 사람이 천차만별함을 체감한다. 헤드랜턴 불빛이 내 앞뒤로 금줄처럼 드리워진다. 길 잃을 염려는 없다. 서로가 서로에게 길잡이가 되어주는 느꺼운 새벽 산행길이다.

이제부터 얼어붙은 급경사 눈길이다. 간짜가 언 눈길을 피해 찍어두고 간 발자국을 따라 숨을 깊이 쉬며 한 걸음씩 따라 오른다. 그때 갑자기 바로 아래에서 소란스러운 발걸음 소리가 들린다. 아니나 다를까! 떠버리가 헐레벌떡거리며 올라오고 있다. 물어보지도 않는데 자기는 한 번도 안 쉬고 올라와서 숨이 찬다며 허세를 부린다. 당신이 30분 일찍 출발해도 내가 당신을 앞질렀다. 뭐 이런 심정으로 말한 것 같다. 솔직히 아무렇지도 않았다. 맘 편히 말한다. 먼저 올라가라고 선선히 길을 비켜준다. 그자가 뒤도 돌아보지 않고 헉헉거리며 뛰다시피 위로 올라간다. 고산에 대한, 인간에 대한 기본적인 매너라고는 없다. 애꿎은 니마만 그자를 뒤쫓아 간다고 생고생이다. 살다가 정말 만나기 힘든 희귀한 인간을 히말라야 여신이 보여준다.

긴 시간 동안 험한 길을 함께 걷다 보면 나쁜 사람도 좋은 사람도 서로 상당히 닮은 인간이 되어간다고 한다. 피곤함과 두려움의 고통을 함께 나누면 평등과 우애로 가는 지름길을 경험할 수 있다고. 그러나 전혀 무관한 자도 있다. 고통을 공감하지도 않고 부질없이 험지 설산에서도 상대를 앞지르고자 하는 무지몽매의 늪에 빠진 자. 하심이나 평정심이 뭔지조차 모르는 말종도 있다.

5,545m의 칼라파타르 정상이 보인다. 트레커들이 웅성거리며 서있다. 정상 기념석 앞에서 칼라파타르 등정 기념사진을 찍고, 에베레스트의 해돋이를 직관하려고 발을 동동거리며 기다린다. 새벽녘이라 정상은 시퍼런 칼바람으로 살을 엔다. 여명 속에서 에베레스트가 첫새벽의 어슴푸레한 기운을 광배처럼 두르고 내 앞에 모습을 드러낸다. 뜨거운 심장을 움켜쥐고 잔뜩 웅크리고 있는 아침 태양. 가늠조차 힘든 그 거대한 힘을 엿보는 것만으로도 전율에 가까운 감동이다. 이 순간을 목격하려고 다들 깜깜한 새벽에 헤드랜턴 빛하나에 의지해 매서운 추위를 뚫고 칼라파타르 정상에 오르는구나. 아침 해의 청청(淸淸)한 기운을 홀로 황홀하게 느낀다. 해가 완전히 뜨기까지는 시간이 좀 걸릴 것 같다.

거의 두 시간 걸려서 정상에 올랐다. 6시가 좀 지났다. 칼라파타르 정상 매운 새벽바람 속에서도 각국의 트레커는 환호하면서 동트는 아침의 웅장한 기운을 온몸으로 느끼고 있다. 오르다가 벗었던 우모복을 다시 꺼내입는다. 정상 기념석 앞에서 만세 포즈로 얼른 한 컷 한다. 표정이 얼었다. 코앞의 에베레스트를 배경으로 남체에서 산 칼라파타르 5,545m가 적힌 털모자를 들고 시퍼렇게 언 표정의 사진 한 장을 남긴다. 얼굴이 검보라빛이다. 어쩌면 나는 여기서 칼라파타르 정상과 첫새벽의 신비로운 에베레스트를 접해서 황홀한 것이 아닐지도 모른다. 이 기막힌 풍경 앞에서 몸은 비록 힘드나 행복감에 충만해 있는 또 다른 나를 발견해서 기뻐한 게 아닐까. 아이고, 추워라! 더 이상 지체할 수 없다.

하산을 서두른다. 하산길은 1시간 반 정도 예상한다. 아이젠을 착용한 채로 둘이 언 눈길을 미친 듯이 내려간다. 눈길이 끝나는 돌길에서는 아이젠을 벗어야 한다. 그런데 손도 시리고 맘의 여유도 없어서 착용한 채 달리다시피 내려갔다. 그래야 나머지 팀원과의 일정에 차질을 빚지 않는다. 정확하게 7시 반, 고락셉에 도착한다. 숙소 마당에서 간짜랑 얼싸안았다. 수고했다고 고맙다고. 두 손을 번쩍 치켜들고 만세를 외친다. 나는 분명 산 타기를 좋아하던 아버지 구일수 씨 딸이 맞다. '우리 딸! 장하다.' 윙크하고 엄지 척하는 아버지가 앞에 있다. 롯지 마당은 아직도 어스름이 가시지 않아 어둑하기만 하다.

7시 반에 아침을 먹고 8시 반에 출발할 예정인데 시간을 정확히 맞추어 내려온 거다. 대단하다. 발가락이 욱신거린다. 아이젠을 신은 채 돌길을 뛰다시피 내려와서 그렇다. 얼마나 용을 썼던지 정신이 좀 나간 것 같다. 멍하다. 아침은 황태국에 햄구이, 김, 계란프라이, 오징어젓갈이다. 반찬이 돌려막기로 나온다며 불평하는 이가 있다. 하지만 여기가 5,140m의 고립된 롯지임을 잊으면 안 된다. 감사하자. 근데 밥맛이 달아났다. 긴장이 풀려서인가!

8시 반부터 출발해서 정오까지는 4,910m의 로부제까지 내려가야 한다. 여전히 너덜겅길이라 발가락 코가 치어 아린다. 새벽 칼라파타르 등정을 마쳤으니 내게는 지금부터 2부 걷기가 시작되는 거다. 새벽 산행을 하지 않은 이들은 겪지 않은 피로와 고통을 안고 출발한다. 자유의지로 선택한 것이니 고통도 티를 내지 말아야지. 후미에 처져 기진맥진 걷는다. 단독으로 초긴장

상태에서 오른 새벽의 설산 등정에 에너지를 다 썼나? 휘적휘적 팔이라도 억지로 휘저으며 걷는다. 짐 진 야크도 큰 두 눈이 떼꾼하다. 가련하다.

그래도 하산길이다. 스스로 위로한다. 이왕 처져 걷는 거, 다시 못 볼 설산 풍경이나 실컷 눈에 담고 가자. 오른쪽 저 멀리에는 시커먼 촐라체가 그 아래쪽에는 더 크고 거친 다부체가 그 위용을 자랑한다. 남성적인 매력이 넘친다. 전면 저 멀리에는 우아하고 도도한 아마다블람이 여전히 범접하기 힘든 자태로 서있다. 근엄한 여왕의 모습이다. 빙하 계곡 좌우로 원근과 채도를 달리한 설산들이 한 치의 양보도 없이 자신을 맘껏 뽐내고 있다. 화려하면서도 신비롭다. 여긴 지구별인가 다른 행성인가!

드디어 로부제 롯지가 나온다. 3시간을 걸었다. 11시 반이다. 5,545m의 칼라파타르에서 4,910m의 로부제까지 하산했으니 오전 중에 고도를 600m 이상 낮춘 거다. 놀랍다. 이젠 고산증은 걱정 안 해도 되겠다. 고도를 최대한 낮추는 것이 고산병 예방 원칙이니까. 다행이다. 롯지에서 휴식을 취한다. 삶은 계란과 감자를 진저티와 함께 애피타이저로 먼저 먹는다. 원래 감자를 좋아하지 않았다. 그런데 시장이 반찬이라 소금에 찍어 먹은 삶은 감자에 눈이 툭 뜬다. 메인 메뉴로 나온 라면이 입맛을 되살린다. 아직 갈 길이 많이 남아서 맛있게 먹고 힘을 내야 한다.

4,240m의 페리체를 향해서 전진한다. 빙하 계곡의 바람을 곱다시 맞으며 바람에 묻어오는 흙모래도 가끔 씹어가며 하염없이 걷는다. 속으로 계속 그래도 내려가는 길이라고 스스로 되뇐다. 계곡 아래 너덜겅 바윗돌 아래로 두드코시 강물이 졸졸 흐르고 있다. 자갈 돌다리를 건너간다. 후들거리는 다리가 건득거리는 돌다리를 디디니 중심 잡기가 너무 어렵다. 너덜겅길, 잔인무도하다. 발가락과 무르팍이 곡소리를 낸다.

선두에서 투덜 씨와 간짜 사이에 언성이 오가는 일이 벌어졌다. 사실 간짜가 일방적으로 당하는 상황이다. 앞선 멤버가 속도를 내는 바람에 뒤처진 팀원의 휴식 리듬이 깨진 데서 생긴 불만이 갈등의 원인이다. 차트라가 겨우 무마한다. 에린과 나는 중간에서 차트라랑 천천히 걸어가면서 무뢰한에게 눈빛으로 욕 화살을 양껏 날렸다. 현지 가이드에게 미안하다. 잘난 척 빠르게 걷는 자는 휑하니 사라지고 없다. 배려심이라고는 없는 종자 같으니라구. 우리는 각자 자기 걸음으로 가되, 한 팀이라면 상대가 힘들지 않도록 조금씩만 배려하면 된다. 그래야 먼 길을 무탈하게 갈 수 있다.

길가에 야크 우리인 커다란 돌담과 양치기 거처인 돌집이 황량한 벌판에 덩그렇게 놓여있다. 뿌연 먼지바람 사이로 저기 멀리 페리체 마을이 환각처럼 보인다. 다 왔다며 환호했다. 차트라가 찬물을 확 끼얹는다. 저기까지는 최소 한 시간 이상 더 걸린다고 한다. 아, 차라리 보이지나 말지! 아니다. 희망 고문이라도 좋다. 저기가 오늘 내가 쉴 곳이니, 등댓불 보듯 귀히 여기며 젖 먹던 힘까지 짜내며 가보자. 좁은 산길에 말 떼가 똥 먼지를 풀풀 날리며 우르르 몰려온다. 나름 신속하게 안쪽으로 착 붙어서 말은 피했다. 헉, 근데 말의 짐짝 모서리에 왼쪽 팔이 퍽 부딪쳤다. 옷이 두껍기 망정이지. 나중에

보니 멍만 살짝 들어있다. 다행이다.

인제는 너덜겅이 끝나고 흙이 섞인 평탄한 길이 나온다. 위안이 된다. 발이 아파 뒤처져 가지만 곁에 차트라가 같이 걷고 있어서 외롭지는 않다. 4시 넘어 숙소 페리체에 도착한다. 오늘은 하루 만에 5,545m의 칼라파타르에서 4,240m의 페리체까지 거의 1,300m 이상 고도를 낮춘 강행군을 했다. 나는 새벽 4시부터 칼라파타르 등정까지 했으니 12시간 이상 걸었다. 방에 들어가자마자 바로 고꾸라졌다. 비몽사몽 간 니마가 저녁 식사 시간이라고 깨운다. 아침에 안경이 부러져 못쓰게 돼서 봉사가 되어 더듬거리며 식당으로 비척비척 걸어간다.

시원한 된장국과 무말랭이 고추장무침과 누룽지로 허기만 달랜다. 너무 지치면 소화력도 바닥난다. 이럴 때는 적게 먹어야 한다. 긴장이 풀리니 정신 차리기가 어렵다. 비몽사몽. 난롯가에 앉아서 기적 같은 오늘 하루의 기억 조각을 겨우 모아서 누덕누덕 메모해 둔다. 와이파이가 터지지 않는다. 가족 안부는 톡으로 확인된다. 하지만 내 톡은 자꾸 재전송이 떠서 허탕만 친다. 로밍해 와도 고산지대에선 무용지물. 무소식이 희소식이라 여기겠지. 너무 고단하다. 내일 하산길도 길다. 눈길이니 아이젠을 챙기라 한다. 그래도 내려가는 길이다. 마법의 주문처럼 되뇌며 언 잠을 청한다.

03. 26. 일

인간이 얼마나 기괴한 단순함과 미혹 속에 사는지!

트레킹 Day 10. 페리체-풍기텡가-캉중마

오늘도 567로, 5시 기상, 6시 아침 식사, 7시 출발이다. 고도를 빨리 낮추는 것이 고산증에서 벗어나는 지름길이니 최대한 많이 내려가야 한다. 아침에 초 간단 세수를 하고 나오는데 에린이한테 문제가 생겼다. 치아 교정기를 꺼내다가 교정기 통이 그만 세면대 틈새로 빠져버렸다. 도저히 손이 닿지 않아서 가이드 도움을 받아 겨우 꺼낸다. 그러나 이미 먼지와 오물이 쌓인 곳에 교정기가 떨어졌으니 그걸 착용할 순 없다. 난감한 상황. 에린은 침착하게 톡으로 치과 담당 의사와 상의해 바로 문제를 해결한다. 역시 스마트하다. 잠시 젊은 여자 사람이 부럽다가 나이 든 여자 사람을 되돌아보게 된다.

나이 든 여자 사람인 나. 생리에서 해방되어서 좋다. 치열 교정을 할 때도 지났으니 그것 또한 자유로워 좋다. 나이 듦이 불편은 하지만 다 나쁜 건 아니다. 열정과 용맹함이 주는 샘솟는 기쁨 대신 냉정과 침착함이 주는 소소한 기쁨을 맛볼 수 있다. 노화에 비례하는 자유가 주는 재미 또한 쏠쏠하다. 물론 자유는 체력·심력·경제력이라는 세 가지 자립요건이 고루 갖추어진 다음에야 실현 가능성이 높다. 시력이 나쁜데 설상가상 안경까지 못 쓰게 되니, 소소한 일상이 유지되는 것이 참으로 소중함을 깨닫는다. 행복은 교정기 통

하나로, 안경 하나로 가차 없이 흔들리기도 하고 또 곧바로 서기도 한다.

아침 메뉴는 된장국에 계란프라이, 김, 햄구이, 두루치기다. 서둘러 먹고 채비를 해서 마당에 나선다. 우리가 먹어 치운 식자재만큼 야크 등짐이 점점 가벼워 보인다. 오늘따라 야크 표정이 밝고 발걸음도 경쾌하다. 이심전심인 가! 길을 나선다. 정면에 아마다블람이 파란 아침 하늘을 배경으로 눈부시게 빛난다. 그 앞에 펄럭이는 오색 룽다의 색깔과 모양만큼 밝고 가벼운 미소를 띤 내가 있다. 하산길이 주는 여유를 감출 수 없는 미소가 얼굴 가득 번진다. 여유는 자유로움의 다른 이름이겠지.

자유는 무엇으로 측정하지? 눈앞에 주어진 장애를 자력으로 극복해낼 때 생기는 저항력으로 재나? 의식의 최고 레벨인 마음의 평온과 깨달음[38]을 얻기 위한 각자의 노력 정도로 재나? 자유로운 인간의 최고 전형은 최고의 저항이 부단히 극복되는 곳에 있다고 한다. 그렇다면 자유는 바로 지금 이 길 위에 있지 않을까! 인간이 소유하면서도 소유하지 않는 것, 인간이 원하면 쟁취할 수 있는 그 무엇이 자유일까? 하산길의 여유가 자유에 대해 사색하게 한다. 하산길이 좋긴 좋다.

38　'의식 지도' 창시자인 데이비드 호킨스는 『의식 혁명』에서 예수나 붓다는 가장 높은 의식 레벨인 1,000단계로 깨달음을 얻은 자라 했다. 평온함은 600, 기쁨은 540, 사랑은 500 단계 등으로 인간은 각자 노력 여하에 따라서 의식 레벨을 얼마든지 높일 수 있다고 한다. 지금 나의 의식 수준은 어느 단계쯤일까?

8일 동안 감지 못해 떡진 머리와 쉰내 나는 몸, 돌려막기를 한 속옷과 양말, 눈길 진창물과 똥 먼지를 뒤집어쓴 잿빛 등산화를 순간 잊어버리고 내가 웃고 있다. 망각이 가져다주는 단순함이여! 인간이 얼마나 기괴한 단순함과 미혹 속에 사는지! 그저 놀라울 뿐이다. 이 단순함이 주위의 모든 고통에서 나를 일순 자유롭고 경쾌하게 만든다. 이해할 수 없는 자유, 참을 수 없는 경솔함, 무분별함, 삶의 명랑함. 이 무지에 가까운 단순함이 더러는 엄청 큰 힘을 발휘하기도 한다.

히말라야 하이웨이 내리막길 벌판에 벌어진 돌의 향연. 야크나 말 우리로 만든 돌담, 목동의 돌집, 길가에 군데군데 널려있는 커다란 마니석, 잔돌을 길게 쌓고 그 위에 판판한 돌을 겹겹이 배치한 마니석, 망자를 기리는 석탑 주룽, 초르텐 아래 쌓은 작은 돌탑들, 계곡의 너덜과 강물에 박힌 자갈돌. 지천에 늘린 히말라야의 돌이 네팔 문화가 된다. 어떤 화려한 예술품보다도 더

정겹고 아름답고 자연스럽다. 네팔 예술품을 느긋하게 둘러보면서 내려간다.

갈색 잡목 덤불이 조금씩 연초록의 키 큰 나무로 바뀌어 갈 무렵, 풍기텡가로 내려가는 언덕마루가 나온다. 옴마니반메훔을 새긴 커다란 바위 사이에 마을 초입임을 알리는 앙증맞은 대문이 있다. 작고 소박한 대문이지만, 파란 하늘과 설산을 뒷배로 깔고 '여기부터가 우리 마을이야!' 하고 당당하게 알린다. 내려다보니 급경사 돌길이 아뜩하다. 내가 이런 급경사 부정형의 잔인한 돌길을 그것도 눈 쌓인 산길을 혼신의 힘으로 올라왔구나. 미쳐야 미친다더니, 미쳤네! 후들거리는 다리를 진정시키며 조심히 발밤발밤 내려간다.

내려갈 때와 올라올 때의 몸과 마음과 정신은 확연히 다르다. 인간을 둘러싼 거리와 공간은 그 사람의 몸과 마음과 정신의 시선과 통찰력에 따라서 달라진다. 하산길이라 느긋하고 여유로워서 그런지, 높푸른 창공과 드넓은 설경이 파노라마로 펼쳐진 풍경을 오래 그리고 깊게 응시하며 걷게 된다. 같은 길이 훨씬 짧게 느껴진다. 올라올 때 보이지 않았던 수목과 화초와 온갖 마니석이 일일이 가슴 깊숙이 파고들어 온다.

파란 눈에 물음표 코의 상호(相好)를 한 하얀 불탑이 있다. 우러러보며 감사기도를 올린다. 터번을 두른 시커먼 수염의 트레커도 함께 합장한다. 자기는 인도에서 왔고 불교도는 아니지만 붓다도 믿는다면서 합장하는 내 모습을 사진에 담고 싶다고 한다. 흔쾌히 그러라 했다. 다시 한번 외경심을 가득 담은 기도를 올린다. 나마스테! 미소 지으며 각자의 길을 간다. 보는 것이 배우는 것이다. 자꾸 보게 되면 인내심과 집중력이 생기고, 대상은 점점 내 몸과 마음에 가깝게 다가오게 된다. 고정관념은 보류하고 눈앞의 대상을 자세히 바라보는 것이 사랑이다. 붓다처럼 푸른 눈으로 바르게 보고 바르게 듣고, 붓다처럼 늘 생에 물음을 던지면서 수행 정진해서 깨달은 자가 되고 싶다.

산모퉁이 내리막길에서 간짜가 아름다운 아마다블람을 배경으로 사진을 찍으라고 강권한다. 더 내려가면 이 장면을 더는 볼 수 없다고. 팔을 높이 쳐들라 한다. 별걸 다 시킨다. 날갯짓 포즈의 사진 속에 무거운 등짐을 지고 비척거리며 올라가는 포터의 굽은 뒷모습이 함께 찍혀있다. 각자 자기 생을 열심히도 살아간다. 철교가 나온다. 인제는 하나도 두렵지 않다. 무의식 속의 까불이 계집애가 튀어나와 철교가 출렁거려도 스스럼없이 촐랑거리며 걷는다. 철교의 흔들림에 몸을 내맡기며 칠락팔락 잘도 간다.

텡보체 구릉에 라마 불교사원이 나온다. 하산할 때 한번 들러야지 했다. 근데 사원의 가파르고 긴 돌계단이 눈에 띄는 순간, 바로 포기한다. 눈으로만 보기로 한다. 크고 화려한 불교사원이다. 붉은 담장 양쪽에 문이 배치되어 있고, 가운데는 황금빛 일주문이 화려하게 서있다. 알록달록한 단청 위에 황금빛 기와지붕. 그 위에는 황금 사슴 두 마리와 가운데 보석을 박은 둥근 법륜 장식이 눈부시다. 일주문을 향해 합장 기도하고 선선히 텡보체 롯지로 점심 식사하러 간다.

점심 메뉴는 피자에 야크 치즈가 뿌려진 파스타다. 별미다. 한식 밥순이지만, 밖에 나오면 뭐든 잘 먹는다. 놀라운 생존본능이다. 느긋하게 쉬고 1시경에 출발한다. 한두 시간 정도만 더 내려가면 오늘 최종 목적지인 캉중마다. 어제 고난의 행군에 비하면 오늘은 껌값이다. 심했나, 하하. 하산길이 급경사 돌계단길이라도 별로 두렵지 않다. 산행의 묘미는 오를 땐 힘들지만 내려올 때는 가볍디가볍다는 거다. 계곡에 위치한 3,250m의 풍기텡가까지 내려갔다가 다시 3,550m의 캉중마까지 올라가면 된다. 3시경에 마침내 캉중마 롯지에 도착한다.

간이 샤워장이 있어 유로 샤워가 가능하다고 한다. 단 한 칸의 옥외 샤워장. 수압이 낮고 따뜻한 물이 몇 분밖에 안 나온단다. 8일 동안 머리를 못 감고 몸을 못 씻어 다들 미칠 지경이니 경쟁이 몹시 치열하다. 발 빠른 남자 몇과 에린은 줄을 서서 짧은 샤워라도 했다. 너무 부럽다. 부러워도 꾹 참는다. 아무래도 지금 샤워했다간 바로 감기에 걸릴 것 같다. 남녀공용 야외 샤워장인 것도 좀 그렇다. 배불렀네! 내외하냐? 그건 아니다. 기운을 다 써서 줄 서서 기다릴 여력이 없어서다. 다시 한번 에린과 나의 차이를 느낀다. 머리를 벅벅 긁어대면서 내 인내의 한계가 어디까지인지 시험한다. 화장실은 고도가 낮아질수록 점점 나아지고 있다. 더 이상 바가지로 물을 퍼서 변기에 직접 내리지 않고 버튼으로 물을 내릴 수 있다. 문명 세계로 진입한 기분이다. 폰도 여기서는 무료 충전이라니, 하아, 좋다. 고통을 먼저 맛봐야 무엇이든 귀하게 여겨진다.

저녁 만찬으로 닭볶음탕과 상추·양배추 쌈 부케가 하이라이트를 이룬다. 당근과 오이를 어슷썰기 하여 데코레이션한 것도 멋지다. 입맛에 눈맛까지 더한 훌륭한 저녁상이다. 특식 반찬이 '너 오늘 하루도 잘 걸어 내서 특급 칭찬한다'고 앞다투어 말한다. 오늘도 고도를 거의 1,000m 낮추며 걸었다. 8시간가량 걸려서 약 15㎞를 내려왔다. 일찍 잠자리에 든다. 피로가 최고의 수면제다. 바로 단잠에 든다.

03. 27. 월

지금까지 이런 맛은 없었다. 이것은 스테이크인가 타이어인가!

트레킹 Day 11. 캉중마−남체−몬조

　새벽녘에 일기를 쓰다가 도저히 더 이상 참을 수가 없다. 머리가 가려워 미쳐버릴 것 같다. 한계가 왔다. 머리를 긁다 긁다가 피를 보든지 가려워 미쳐버리든지 둘 중 하나다. 미치는 것보다 머리 감다가 감기 걸리는 게 차라리 낫지. 화장실이 실내에 있고 방이 그다지 춥지 않으니 한번 시도해 보자. 빌린 에린의 물주머니와 내 물주머니 그리고 보온병을 들고는 수건과 비누, 일회용 샴푸를 챙겨서 비장하게 세면대로 향한다.

　먼저 샴푸를 떡진 머리에 짜놓고 물주머니를 들고 물을 조금씩 머리에 붓는다. 물빛이 누리끼리하다. 기름때가 심해 샴푸로는 도저히 거품이 나지 않는다. 비누칠을 더 한다. **빡빡빡 빡빡빡** 두피를 미친 듯이 긁어댄다. 남은 물주머니와 보온병 물을 조금씩 들이부으며 겨우 거품만 제거하는 헹굼질을 한다. 얼른 타월로 물기를 닦아낸다. 으으어어억, 시원하다. 상쾌함에 날아갈 듯하다. 살았다! 9일 만에 감은 머리. 이 순간의 개운함은 천하를 다 준다 해도 바꾸고 싶지 않다. 완벽한 행복감을 맛본다. 행복이 참 사소하다. 불굴의 인내. 그 열매가 주는 맛이 이리도 달콤할 줄이야.

밤새 눈이 내렸나 보다. 천지 사방이 하얗다. 캉중마에만 오면 요상하게 눈이 내린다고 한마디씩 한다. 안경이 없어 더듬거리긴 했지만, 실내에서 늘 쓰던 털모자를 당당하게 벗고는 머리카락을 찰랑거리며 식당으로 간다. 기름 때만 간신히 빼서 별로 찰랑대지 않는다. 흐흐흐. 심신이 상쾌한 거로 대만 족이다. 7시 아침 메뉴는 황태해장국, 계란프라이, 햄, 김, 멸치다. 오늘 아침은 없는 입맛 대신 깡으로 먹는다.

7시에 출발한다. 아이젠을 착용할 정도의 눈은 아니라 다행이다. 고글과 장갑만 끼면 된다. 하얀 눈밭에 새까만 까마귀 떼. 까악 까아악 허공이 깨지도록 소리 지른다. 장도를 기원하는 함성을 떼로 발사하는 건가! 깐짜가 롯지 마당에 있는 커다란 마니차를 돌리면서 출발을 외친다. 다들 따라서 마니차를 왼쪽으로 천천히 돌리면서 오늘 하루의 안전한 걷기를 빈다. 오늘 길은 남체를 거쳐 몬조로 내려가는 최고로 경사가 급한 구간이다. 무지막지한 돌계단 길이 대부분이라 무릎보호대를 힘껏 죄고서 걷기 시작한다.

새파란 하늘에 에베레스트 산정이 흰 구름모자를 쓴 얼굴을 내밀며 실컷 보고 가라 한다. 올라올 때는 눈구름과 안개에 가려 모습을 제대로 보여주지 않더니. 그때 모 씨, "이게 무슨 에베레스트 뷰 하이웨이야." 하고 불평했다. 지금은 감탄하며 폰에 설산 풍경을 담기 바쁘다. 자연은 무심할 뿐. 인간이 조른다고 보여주지 않는다. 때가 되면 무심코 나타났다가도 찰나에 홀연히 사라지기도 한다.

　한두 시간쯤 내려왔나. 사가르마타 국립공원이 나온다. 공원 정문 지붕에 눈을
잔뜩 뒤집어쓴 하얀 사슴 두 마리가 가운데 둥근 법륜을 응시하고 있다. 입구에
서 있는 거대한 동상. 에베레스트를 최초로 등정한 셰르파 텐진을 기리고 있다.
단체로 기념 촬영을 한다. 국립공원 넓은 마당은 뷰 맛집이다. 사방이 트여 사가
르마타— 에베레스트의 네팔식 이름 —를 위시하여 360도로 웅장한 설산들의 파
노라마가 장대하게 펼쳐진다. 설산 선상(線上)을 경계로 높푸른 하늘의 광활함
과 치솟은 설산의 장엄함이 어울려 장관을 이루고 있다. 가슴에 새겨두고 평생
꺼내 봐야지. 나는 훨훨 날개짓하는 한 마리 검독수리가 된다. 히말라야 창공
을 허허롭게 날면서 공원 마당에 서있는 낯선 나를 말없이 내려다본다.

　바람이 별로 불지 않는다. 그래서 그런지 헬기가 요란한 프로펠러 소리를
내며 긴 밧줄에 커다란 물품 꾸러미를 매달고선 날고 있다. 헬기는 물자를

나르기도 하고 부상자를 수송하기도 하고 헬기 투어도 한다. 쿰부 히말라야에선 헬리콥터가 열일한다. 힘이 많이 들 땐 말 탄 이나 헬기 탄 이가 부럽기도 했다. 곧바로 정신 차리긴 했지만, 흐흐.

국립공원 민속전시관은 공사 중인지 자재가 먼지와 함께 쌓여있다. 민속공예품이나 전시자료가 허연 먼지와 거미줄을 뒤집어쓰고 있어서 하릴없이 나왔다. 간짜가 겸연쩍은 표정을 짓는다. 우리나라였으면 민속품이나 전시물을 정성껏 쓸고 닦아 멋지게 전시했을 텐데. 네팔은 아직 여력이 없나 보다. 볕 좋은 곳에 편히 주저앉아 쉬면서 간짜랑 함박웃음을 웃으며 한 컷 한다. 돌아가면 남편이 질투하겠는데. 또 크게 웃는다. 즐겁게 웃으면 오케이다.

11시 반경. 남체 롯지로 들어가기 직전에 소나기가 갑자기 와아아 쏟아진다. 롯지 골목길에 들어선 상태라 비를 많이 맞지는 않았다. 참 얄궂은 날씨다. 점심으로 야크 스테이크와 볶음밥이 나온다. 야크가 일을 많이 해서 그런지 스테이크가 엄청 질기다. 포크로 스테이크를 낑낑거리며 썬다. 손가락에 물집이 잡힐 지경이다. 컥컥컥 웃음이 터진다. 문득 영화 「극한직업」의 대사를 패러디하게 된다. "지금까지 이런 맛은 없었다. 이것은 스테이크인가 타이어인가!" 빵 터진다. 에린이 웃으며 동영상을 찍는다. 야채 볶음밥은 그런대로 맛있다. 야채는 토마토소스를 뿌려서 먹는다. 스테이크는 질겨도 고기라고 손가락이 벌겋게 되어도 뜯다시피 썰어 꼭꼭 씹어서 먹어 치운다. 튀긴 감자만 빼고.

12시 반 출발이다. 30분 정도의 여유 시간. 일부는 남체 바자르 골목길로 산책하러 가고 일부는 계단이 끔찍해서 골목에 쪼롬이 앉아서 해바라기한다. 당연히 나는 후자다. 병든 닭처럼 꾸벅꾸벅 졸면서 쉰다. 꾀죄죄한 검둥이 한 마리. 경계라고는 전혀 없이 내 발밑에서 세상 가장 편안한 자세로 잔다. 히말라야 길 위의 개는 인간을 경계하지 않는다. 묶여있는 놈은 하나도 없다. 너는 네 갈 길 가라 나는 잔다는 식이다. 집 안에서 주인의 사랑을 듬뿍 받고 자란 우리네 애완견과는 완전히 다르다. 비록 길바닥에서 비루하게 지내도 어떠한 구속도 없이 평화롭고 자유롭게 산다. 해탈했나! 햇볕이 따뜻하고 긴장이 풀리니 찰나에 쪽잠 삼매경에 든다. 내가 검둥이를 닮아가나!

풍경이 점점 달라진다. 설산이 시나브로 봄산으로 바뀐다. 히말라야삼나무와 리키다소나무 숲은 진초록 침엽과 연둣빛 침엽의 콜라보 작업이 한창이다. 맑고 곱고 음전한 풍경이다. 길가 작은 쉼터 마당이 엄청 많은 트레커로 발 디딜 틈이 없다. 쿰부 히말라야에 이게 무슨 일이고! 우리가 출발할 때는 날씨 탓인지 사람이 그리 많지 않았는데. 우기가 시작되기 전 가장 좋은 날을 고르다 보니 한꺼번에 트레커가 몰렸나 보다. 하산하는 자의 여유로움으로 고생길이 훤한 그들의 앞날을 예측한다. 그대들이여! 고생 좀 해봐라. 나는 인제 다 내려왔다. EBC와 칼라파타르 등정을 마치고 내려가는 자의 자부심과 자긍심. 굳이 숨기고 싶지 않다. 길벗들이여, 굿럭! 나마스테!

계곡 아래 강물 소리마저 밝고 경쾌하다. 내 맘 같다. 급경사 돌길이면 어때, 하산길인걸! 돌계단 길에서 한 무리 염소 떼를 만난다. 다 대나무로 얼기설기 만든 입마개를 씌워 놨다. 말 안 듣고 풀이나 뜯어 먹으면서 옆길로 샐까 봐서 씌웠나? 눈을 살짝 내리깐 게, 흥칫뿡, 완전히 삐진 표정이다. 저들은 화나 있지만, 너무 귀엽고 사랑스러워서 한참을 바라보다가 간다. 이윽고 몬조 마을로 들어가는 골목길이 나온다.

골목길. 얼굴과 옷차림은 꾀죄죄하지만 참을 수 없는 함박꽃웃음을 웃는 네팔 아이들이 잡기 놀이를 하고 있다. 장난감이 필요 없다. 나뭇가지나 풀이나 꽃이나 돌멩이만 있어도 된다. 근심이나 걱정 따윈 노노노. 아이들은 한없이 즐겁다. 그래서 니체가 『차라투스트라는 이렇게 말했다』에서 인간의 정신 변화의 마지막 단계를 아이가 되는 거라 했구나. 아이는 순진함이고 망각이며, 새로운 시작이자 유희다. 스스로 굴러가는 바퀴이고, 최초의 움직임이며 성스러운 긍정이다. 니체의 말을 지금 두 눈으로 생생히 확인하고 있다.

　3시 조금 넘어서 2,835m의 몬조 마을에 도착한다. 다 왔다. 약 10㎞를 6시간 정도 걸려서 내려왔다. 몬조 롯지부터는 공식적으로 머리 감기가 가능하다. 남들은 이틀 전부터 머리도 감고 샤워도 하더구만. 나는 왜 이리 겁이 많은지 모르겠다. 곰곰이 나를 되돌아본다. 어릴 때부터 병약해서 백일이나 돌 사진조차 없다. 살면서 죽을 고비도 수차례 넘기다 보니 몸에 대해선 나름 엄격한 습(習)을 지니게 됐다. 세 끼를 꼭 챙겨 먹으려 애쓰고, 약은 양약이든 한약이든 푹 곤 장어든 가리지 않고 잘 먹는다. 살아야겠다는 무의식적인 본능이 의식이 되고, 습이 되어 지금의 나를 만들었다. 잘 모를 때는 전문가가 시키는 대로 하면 몸이 덜 상한다. 나만의 건강 비결이다. 별거 아닌 것 같아도 대단히 중요하다. 오후가 여유로워서 쉬면서 글도 쓰고 저녁도 먹고 인간답게 처음으로 간단한 샤워도 한다. 부러운 게 없는 참으로 느긋하고 개운한 밤이다.

03. 28. 화

다시 없을 나만의 멋진 버킷리스트가 완성되는 순간

오늘은 트레킹 마지막날이다. 또한 룸메 에린의 생일날이기도 하다. 눈 뜨자마자 숙소에서 에린 얼굴을 보면서 생일 축하 노래를 손뼉 치며 부르고는 둘이 활짝 웃었다. 다정하게 팔짱을 끼고 식당으로 간다. 손잡고 에린에게 기대어 가니 잘 안 보여도 불안하지 않다. 아침 메뉴. 우연인지 몰라도 미역국에 계란프라이, 햄구이, 멸치볶음이 나온다. 세상에 이런 험지에서 근사한 생일 미역국상을 받다니. 에린에게 복 받은 거라며 너스레를 떤다. 미역국이 너무 시원해서 두 그릇이나 먹었다. 숭늉에 믹스커피 한 잔까지, 디저트마저 완벽하다.

오늘이 트레킹 마지막 12일째라는 게 믿기지 않는다. 시작할 때는 이 험한 길을 내가 과연 끝까지 걸어낼 수 있을까 두려웠다. 너무 멀리 바라보지 않고 하루하루 내 앞에 주어진 길을 매 순간 최선을 다해 걸었다. 그리고 동고동락한 어린 길벗도 있었다. 작은 걸음걸음이 모여서 EBC도, 칼라파타르도 오르게 되었고 마침내 트레킹 마지막날까지 맞이하게 되었다. 작은 한 삽이 산을 옮기기도 하고 작은 한 걸음이 고지 설산을 오르게도 하는구나.

오늘 남은 코스는 7시간 예정으로 13㎞ 정도 걸어야 한다. 만만찮다. 그래도 오늘 길은 어제만큼 급경사 길이 아니라 그나마 낫다. 몬조에서 8시에 출발한다. 에린이 설사병을 만나서 후미에서 천천히 함께 걷기로 한다. 후미 멤버로는 윤도인 선생과 동생, 에린과 나 그리고 니마다. 느긋하게 걷다 보니 온갖 새소리가 다 들린다. 각자 자기 목소리로 명징하게 울어댄다. 에린이 윤도인 선생에게 "왜 올라올 때는 이리 예쁜 새소리를 듣지 못했을까요?" 한다. 나도 그랬다. 걷기에 바빴다. 뒤처질까, 넘어질까, 고산증이 올까! 온갖 신경을 다 곤두세우고 걸으니 새소리가 들릴 리 없지. 일체유심조(一切唯心造)다. 인제는 물소리도 잘 들리고, 심지어 꽃잎이 피고 지는 소리도 엿들을 수 있을 것 같다. 나도 모르게 노래를 흥얼거리며 걷고 있다.

여긴 완연한 봄이다. 나무에 연둣빛 새잎이 소복이 돋아나 있다. 매화꽃도 피기 시작한다. 하얀 목련은 피었다가 낙화 중이며, 돌밭에는 노란 유채꽃이 만발해 있다. 봄동, 청경채, 양배추, 마늘대도 앞다투어 새파랗게 돋아있다. 랄리구라스는 붉은 꽃으로, 보라 꽃으로 흐드러지게 피어있다. 온갖 봄꽃이 마지막 하산길을 축하라도 하듯 벌이는 꽃축제 퍼레이드. 나는 한 마리 작은 새가 되어 봄 하늘을 마음껏 난다. 절벽도 우리나라 설악산을 닮아있고, 돌담도 제주 올레길 정겨운 밭담을 닮았다. 낯설지 않은 이 풍경. 자연이 만든 건가? 내 마음이 만든 건가? 오르락내리락 산길을 걸으면서 트레커보다 더 많은 포터와 말과 좁교를 만난다. 인드라망. 도처에 붓다의 현신이 있구나.

12시 30분경. 팍딩에 도착한다. 변덕스럽게 갑자기 날씨가 흐리고 싸해진다. 땀이 식으니 한기마저 든다. 점심 메뉴는 냉면 대신 온 비빔면과 겉절이가 나온다. 싸늘한 날씨에 적절한 메뉴. 비가 막 쏟아질 듯 하늘이 온통 시커멓다. 바람막이 판초를 걸치고 1시 30분에 출발한다. 날씨가 궂으니 몸도 따라 위축된다. 어서 루클라에 도착해서 쉬고 싶은 마음뿐이다. 뒤도 옆도 보지 않고 죽어라 앞만 보고 허둥지둥 서둘러 걷는다. 중간에 한 번도 쉬지 않았다. 막심을 쓰면서 휘적휘적 산모롱이를 돌고 돌아서 내려간다. 다른 생각은 전혀 나지 않는다. 오로지 루클라 롯지에서의 휴식을 떠올리면서 뛰다시피 걸어간다.

익히 보던 중앙분리대같이 생긴 기다란 마니석이 보인다. 루클라가 다 와간다는 표시다. 아, 드디어 끝이 보이는구나! 상가 골목길이 나온다. 떼 지어노는 아이들이 눈에 띈다. 골목길 위에 오색찬란한 룽다가 펄럭이면서 나의무사 귀환을 격하게 반긴다. 3시 반이다. 2시간 만에 루클라에 도착했다. 철망 너머 텐징 힐러리 공항의 비에 젖은 활주로도 반갑다. 비가 꾹 참고 있다가 이제야 맘껏 내린다.

12일간의 지난한 여정이 해피 엔딩을 맞는다. 와이파이가 터져서 남편과

통화도 하고, 애들과도 완등 축하 안부를 주고받는다. 드디어 아기가 배 속에서 꿈틀대고 있는 동영상도 보게 됐다. 히말라야 여신의 보살핌 덕에 나도 딸도 아기도 다 무탈하다. 감사하고 감사하다. 히말라야 트레킹으로 내 마지막 버킷리스트[39]가 완성되는 순간. 의외로 마음이 담담하면서 허허롭다.

씻고 충분한 휴식을 취한다. 롯지에서 마지막 저녁 만찬이 시작된다. 염소 수육에 염소 갈비찜, 염소 내장 요리다. 헉, 낮에 만난 귀여운 염소 떼가 퍼뜩 떠오른다. 미안하다. 사랑한다. 수육을 소금 기름장이나 막장에 찍어 상추와 배추쌈을 싸서 볼이 터지게 먹는다. 깻잎이나 마늘을 양껏 넣고 염소 고기를 푹 삶아서 그런지 잡내가 전혀 나지 않고 맛있다. 염소 갈비찜이나 내장 요리는 처음 먹어보는 거라 살짝 경계했으나 놀랍게도 맛나다. 염소 고기로만 배를 채우다니. 가이드와 셰프가 에린의 깜짝 생일파티를 준비했다. 예상치 못한 이벤트다. 초를 꽂은 생일 케이크를 준비하고 행운을 상징하는 붉은 카다를 주인공 에린의 목에다 걸어준다. 에린이 기뻐서 울먹인다. 박수로 다들 에린의 생일을 축하한다. 너무 고맙다.

셰프와 도우미, 포터와 가이드. 모두 작별 인사를 하러 왔다. 메인 가이드 차트라만 남는다. 간짜와 니마 모두 남체나 루클라 사람이라 오늘까지만 동

---

39 30대 힘들게 직장 생활하고 아이를 기를 때 작성한 버킷리스트 10가지 중 하나다. 그중 마지막까지 꿈꾸던 게 히말라야 트레킹이었다. 인생 이모작이 시작된 지금. 다시 새로운 버킷리스트를 작성해 봐야겠다.

행한다. 그들의 진심 어린 도움이 없었다면 이번 쿰부 히말라야 EBC와 칼라파타르 등정은 꿈도 꾸지 못했을 거다. 진심으로 감사한 마음을 담은 박수를 보낸다. 근데 이번 트레킹에 동행한 좁교 마부 한 사람. 지병인지 고산병인지 잘 몰라도 하산하다 의식을 잃고 쓰러져서 헬기로 카트만두까지 이송됐다는 안타까운 소식을 들었다. 제발 무사히 깨어나 가족의 품으로 돌아갈 수 있기를 빈다.

그들이 숙소로 돌아가고 난 뒤, 팀원에게 내 의견을 조심스럽게 냈다. 과하지 않다면 일 인당 한 10불 정도 갹출해서 트레킹 도우미에게 감사하는 마음을 전하면 어떻겠냐 하고. 바로 불쾌하게 뚱한 표정을 짓고 있던 자가 역정을 내며 말한다. 가이드 비를 이미 냈는데 왜 또 팁을 내야 하느냐, 그러면 다음 팀에게도 악영향을 미친다, 등등. 예상은 해도 저 정도 반응을 보일 줄이야! 평소 모습이 그대로 튀어나온다. 더 이상 의논할 필요가 없어진다. 가이드나 셰프나 포터를 함부로 대하고 정작 고마운 마음을 전하는 것에는 인색한 자. 배려심이라고는 눈 씻고 봐도 없는 인간. 만정이 뚝 떨어진다. 그냥 좋은 마음으로 내 뜻을 밝힌 거니 됐다고 했다. 더 이상 말하고 싶지 않다. 에린이 속이 상해서 숙소로 가버린다. 동조한 몇 분끼리 모은 돈을 윤도인 선생께 대표로 전해달라고 부탁하고는 나도 숙소로 왔다. 그 자리에 더 있기 싫다.

못난 어른 탓에 에린이 기쁜 생일날 눈물을 흘린다. 달래며 꼭 안아준다. 둘이 욕이란 욕은 다 해댔다. 아는 욕이 많지 않아 금방 짜친다[40]. 평소에 많이 익혀둘걸! 에린이 내일 아침 식사를 거르는 시위를 하겠다기에 말린다. 아서라 말아라, 아무 의미 없다. 가치 없는 일에 너의 소중한 밥 한 끼를 날리면 너만 손해다. 무시하고 영양가 있는 반찬 골라 끝까지 맛있게 잘 챙겨먹자고 다독였다. 세상은 넓고 할 일은 많다. 하지만 의외로 지뢰나 쓰레기도 많다. 좋은 추억은 바위에 새겨 길이 간직하고, 허접쓰레기는 비질해서 싹 쓸어버리면 된다. 행복하고 즐거운 기억을 간직하고 살기에도 벅찬데, 어이구!

간짜와 니마에게 줄 작은 선물— 파스, 비타민C, 상비약, 행동식, 썬블록 패치, 보습크림 —을 따로 싸서 건네며 작별 인사를 했다. 이번 여정은 그들의 세심한 배려와 진심 어린 도움이 없었으면 언감생심 이룰 수 없었다. 물론 이름도 모르는 셰프와 도우미, 포터와 좁교 마부의 수고로움도 마찬가지다. 이번 쿰부 히말라야 EBC와 칼라파트르 등정에서 다시 한번 더 절대적인 나는 없음을, 우주 만유는 모두 인드라망 속에서 서로 이어져 있음을 절감한다. 다시 없을 나만의 멋진 버킷리스트가 실현됐다. 상도도 모르고 쥐뿔도 없는 6학년 3반 반메 미야가, 5,364m의 에베레스트 베이스 캠프와 5,545m의 칼라파타르 등정을 무탈하게 이루어 냈다. 감사하고 감사하다.

---

40 경상도 방언으로 '모자라거나 기대치에 못 미치다'는 뜻이다.

괴물과 싸우는 자는 스스로 괴물이 되지 않도록 주의해야 한다고. 내가 오래도록 심연을 들여다볼 때, 심연 또한 나를 들여다본다[41]고 내 친구 니체가 말했다. 이번 여정에서 만난 별종 인간에 대해서 생각한다. 그가 내게 과연 괴물이나 심연 정도였을까? 아니, 그 정도 깜냥이 되는 자는 아니다. 자기와 다른 타인을 받아들이지 못하고 쪼잔하게 질투해서 그런 것이다. 내게 겸손함과 감사함을 가르치기 위해서 나타난 악동(惡童)이 아니었을까? 어쩌면 나태해진 심신을 긴장하게 만들어 끝까지 걷게 해준 고마운 신장(神将)이 아니었을까? 마음이 편안해진다. 죽음보다 깊은 잠에 빠져든다.

03. 29. 수

---

41 니체의 『선악을 넘어서』에 나오는 문구로 많이 회자 되고 있다.

3. 쏜살을 찾아서 오다

1. 내가 완전히 다른 세상으로 건너왔음을

밤새도록 롯지 창문 밖에서 개들이 떼로 짖어댄다. 밤하늘을 찢어놓을 듯 컹컹컹 쉬지도 않고 짖는다. 산짐승이 나타났나! 잠이 달아난다. 덕분에 깨어서 기록도 하고 기도도 하고 나쁘진 않다. 비행기를 타야 해서 이른 새벽, 4시에 기상한다. 마지막 모닝 꿀차와 함께 가벼운 마음으로 짐을 싼다. 침낭과 작별하는 날. 마지막 아쉬움을 담은 빠데루 한 판을 하며 침낭을 갠다. 그사이 정이 많이 들었는데.

새벽 5시의 이른 아침 식사. 롯지에서의 마지막 조식이다. 메뉴는 된장국에 계란프라이, 감자볶음에 김, 오징어젓갈로 간단하게 차린 밥상이다. 여기서 간단하다 함은 지금껏 차린 상에 비해서 상대적으로 그렇다는 거지, 평소집 밥상에 비하면 간단치 않다. 별다른 찬은 아니지만 롯지에서의 마지막 식사라서 그런지 느껍다. 입이 까칠하다. 어제로 트레킹이 끝났다. 인제부터는 굳이 맘이 안 통하는 자와 억지로 말을 섞을 필요가 없다. 테이블에 마주 보고 앉은 투덜 씨와는 눈도 마주치기 싫다. 한마디도 하지 않는다. 밥맛이 없어 계란프라이와 된장국만 먹고 식사를 마친다. 공통 화제도 없고 상대방에 대한 배려심이 없는 자와 더 이상 교류할 이유가 없다. 오히려 속이 시원하다. 간밤 일로 분위기가 싸하다. 원증회고(怨憎会苦)라지만, 미운 마음조차 내려놓으니 아무렇지도 않다. 홀가분하다.

7시 비행기를 타야 해서 서둘러 루클라 공항으로 간다. 공항이 숙소 바로 옆이라 금방 이동한다. 한 번의 경험이라도 경험은 참 무서운 것이다. 죽을 것 같이 무서웠던 루클라 경비행기 앞에서 여유롭게 기념 촬영도 하고 다시 못 볼지도 모르는 히말라야 설산도 여유롭게 둘러보게 된다. 엊저녁에 비가 왔지만 바로 그치는 바람에, 비행기가 뜨는 데는 별문제 없다. 날씨 운 하나는 기막히다. 천우신조(天佑神助)로 이번 여행이 가능했다. 경비행기가 활주

로를 우당탕 쿵탕 달려도, 짧고 비탈진 활주로를 덜컹거리며 내달려 공중으로 치솟아도 그다지 두렵지 않다. 느긋하게 창문 너머 푸른 아침 하늘과 새하얀 설산을 즐긴다. 변덕이 죽 끓네, 내 마음이여!

얼마 안 되어서 라메챱 공항에 도착한다. 고작 7시 반이다. 내리니 후텁지근한 기운이 확 밀려온다. 오늘 좀 덥겠다. 저편 검회색 야산 등성이 위로 아침 해가 희붐하게 솟아오른다. 신의 세계에서 인간 세계로 왔다. 고운 아침 해 앞에 선 내 마음과 영혼. 별다른 출렁임 없이 평온하다. 봉고차를 타고 대여섯 시간 소요하여 카트만두까지 가야 한다. 얼른 화장실 가서 비우고 에린이랑 손을 잡고 봉고차로 달려가 앞 좌석에 앉는다. 그중 편한 자리다. 뒤쪽에 타면 멀미가 심하게 나고 남자들이 득시글하니 화장실 가기도 불편하다. 뒤늦게 탄 말종. 제 자리가 불편하다고 인상 쓰며 궁시렁궁시렁 한다. 어쩔 건데!

가이드가 고속도로라는데 기가 막히는 도로다. 비포장길이 태반이다. 포장된 길마저도 훼손되어 곳곳에 웅덩이가 패고 자갈돌 길에선 흙먼지 폭탄이 인다. 먼지로 눈과 목이 뻑뻑하고, 콧구멍은 흙가루와 매캐한 냄새로 막힌다. 꼬불꼬불한 산복도로에 우리 미니 차가 심하게 흔들린다. 장이 파열되고 머리가 차체에 처박힐 것 같다. 먼지 폭풍 사이로 달려드는 트럭을 보면 절로 비명이 새어 나온다. 한 손은 에린을, 한 손은 손잡이를 잡고 거의 패닉 상태에 빠진다. 속도를 내는 차에 엄청난 공포심을 느끼는지라 완전히 죽을 맛이다.

루클라 경비행기 못지않은 공포와 스릴을 길 위에서 또 맛본다. 접촉 사고가 나거나 갓길 밖으로 굴러떨어질 것 같다. 현지인 기사는 태연하다. 맞은편 버스를 탄 무심한 표정의 네팔 승객들 무덤덤 아무렇지도 않다. 땀내 나고 에어컨 바람 없는 답답한 차 안. 열린 창으로 매캐한 기름 냄새와 흙먼지 가루에 젖으며 지옥 길을 달리고 달린다. 차라리 정신을 잃는 게 낫겠다, 휴우!

11시 반쯤 투리켈에 위치한 히말라야 드리샤 리조트에 도착한다. 정신이 하나 없다. 지나온 거친 길과는 어울리지 않게 엄청 고급진 리조트라서 좀 뜨악하다. 전망이 좋고 우아한 레스토랑에서 점심을 먹는다. 처음으로 네팔 밥정식, 치킨 달밧이 나온다. 커다란 놋 쟁반에 밥과 국과 반찬이 한 상으로 따로 차려진 달밧. 달은 걸쭉한 콩국이고, 밧은 밥이라는 뜻의 네팔어다.

놋 쟁반 가운데 고실고실한 밥 한 덩이. 그 주위로 국과 반찬과 수프 같은 게 삥 둘러 놓여있다. 녹두죽 같은 걸쭉한 국 곁에 감자, 브로콜리, 버섯, 청

경채 볶음이 있다. 그 옆에는 콩가루 반죽으로 만든 빠쁠이라는 바삭한 난 닭은 게 있다. 맛이 고소하다. 커리 수프에 담긴 치킨과 야채볶음과 붉은빛이 나는 찌개가 세 그릇에 차례로 담겨있다. 정갈하고 예쁘게 차려진 달밧 밥상이다. 필히 사진으로 남겨야지. 이것저것 다 맛있다. 한식파인 내 입맛을 완전히 만족시킨다. 감동적인 달밧 맛에 빠진다. 이어 나온 무화과잼을 얹은 요거트와 허니 레몬티. 너마저도 완벽하다니! 지옥 길에서 가출한 영혼이 돌아와 어깨춤을 춘다. 맛있는 한 끼의 힘. 참으로 위대하다.

시원한 높이의 천장에 비데가 있고 화장지가 걸려있는 깨끗한 화장실 풍경. 낯설어 적응이 잘 안 된다. 툭 틘 전망의 둥그런 베란다를 거닐며 사방을 둘러본다. 정원 곳곳의 화려한 꽃장식, 산정 뷰를 감상하면서 수영할 수 있는 아름다운 풀장. 별유천지 비인간계라 해야 하나, 화려하고 황홀한 인간계라 해야 하나. 멋지다. 짧아서 더 달콤한 여유를 누리고는 곧 고난의 행군길에 다시 나선다. 기사가 엄청 속도를 낸다. 자기 집에 빨리 가고 싶은가! 카트만두 시내가 다 되어 가나 보다. 자동차와 사람이 점점 많아진다.

거리의 전봇대에 정신없이 엉켜있는 시커먼 전선줄 뭉텅이들. 이걸 빼고 카트만두 시내를 떠올릴 순 없다. 충격적이다. 저렇게 손 쓸 수 없게 엉켜있다가 전기합선으로 불이 나지 않을까, 엉망진창으로 엉겨 붙은 수많은 전선줄 무게를 전봇대가 이기기는 할까, 바로 그 아래 인도를 걷고 있는 사람은 얼마나 위험할까! 네팔 수도, 카트만두 현재를 단적으로 보여주는 현장이다.

　뿌옇고 매캐하고 정체된 시끄러운 도로를 달리면서 내가 완전히 다른 세상
으로 건너왔음을 실감한다. 거리가 점점 화려해진다. 이윽고 우리가 머물렀
던 숙소 힐튼 호텔이 보인다. 반갑다. 다 왔다. 아직 두 시 전이다. 점심 휴식
후 봉고차가 엄청 속도를 내어 달린 결과다. 짐을 부리고 방을 배정받는다.
깨끗한 시트가 깔린 침대를 보니 황홀해서 꿈만 같다. 로비에 침낭을 반납한
다. 12일 동안 추운 롯지에서 동고동락한 내 침대이자 이불이었던 침낭. 잘
가, 안녕. 고마웠어.

　오후에 인근 카멜시장에서 자유 쇼핑을 한다. 에린과 나, 물 만난 고기가
된다. 좁은 거리가 수많은 인파로 북적인다. 빵빵거리는 자동차, 오토바이,
자전거들로 정신이 하나도 없다. 인도가 확보되지 않은 거리에서 어깨가 부

딪쳐도 발걸음은 신나기만 하다. 사람이 붐비는 기념품 가게를 찾았다. 에린이 눈이 반짝인다. 사실 나는 쇼핑을 좋아하지 않는다. 그래도 덩달아 즐겁다. 저렴하고 부피가 적은 히말라야 립밤을 구매한다. 옴마니반메훔 글자가 새겨진 조그마한 장식 띠, 나마스테를 양각한 작은 기념 석판도 기꺼이 찾아내 산다. 적은 돈으로 소소한 득템을 할 때 웃음이 절로 흘러나온다. 나이 든 여인은 없고 어린애 하나만 있다.

에린의 수제 백팩 사는 일이 하나 더 남아있다. 신경을 써서 예쁜 가방이 있는 가게를 골목골목 찾아다닌다. 드디어 마음에 드는 가방을 발견한다. 굵은 대마천으로 된 수제 백팩. 미색 바탕에 연보라색 천이 적절한 보색을 이루는 예쁜 백팩. 수납공간도 꽤 많다. 다른 걸 메어 봐도 이게 에린에게 딱이다. 에린이 네고를 잘해서 반값 정도로 깎아 약 만 오천 원 정도로 싸게 잘 샀다. 산 에린도, 판 가게주인도, 곁에서 봐준 나도 다 즐거운 거래였다. 세상에 단 하나뿐인 수제 헴프천 백팩. 에린이 한국 가서 잘 메고 다닌다고 소식을 전한 백팩이다. 기분 좋게 팔짱을 끼고 쇼핑을 즐기는 엄마와 딸이 되어 룰루랄라 가볍게 호텔로 돌아온다.

로비에서 여행사로부터 EBC 완등 기념패를 받았다. 정말 뿌듯하다. 이건 내가 내게 주는 기념패다. 무모하지만 용감하게 내디딘 한 걸음 한 걸음이 모여 5,364m의 에베레스트 베이스 캠프와 5,545m의 칼라파타르를 완등하게 된 것이다. 내 인생에 큰 획을 긋는 일을 이루게 됐다. 나는 강한 힘의 의지로 차안(此岸)의 대지에 발을 딛고는 힘껏 도움닫기를 해서 초인을 향해 날아가는 화살이자 동경[42]이고 싶다. 가장 멀리 있는 사람이면서 미래에 올 사람인 초인을 향한 끝없는 사랑이고 싶다. 호텔 레스토랑 뷔페에서 저녁을 먹고 와인을 한잔한다. 뭣도 모르고 과감하게 시도한 행위의 결과물인 완등을 자축하면서.

호텔에서 따뜻한 물로 머리를 감고 샤워를 하니 흥감하기 그지없다. 추운 롯지에서 물주머니를 안고 잔뜩 웅크리고 자던 침낭 대신 까실까실하고 포근한 이불을 덮고 잘 수 있어서 참 좋다. 너무 깨끗하고 가볍고 따뜻해서 잠이 잘 오지 않는다. 여긴 어딘가, 지금 침대에 편안히 누워있는 나는 어제의 나인가 아니면 오늘 다시 태어난 나인가! 내일 나는 또 이 밤의 나와는 다른 나일까?[43]

03. 30. 목

---

42   니체의 『차라투스트라는 이렇게 말했다』에 나오는 말로 내가 지향하는 삶의 목표다.
43   니체의 『차라투스트라는 이렇게 말했다』에 나오는 영원회귀 사상과 관련된 단상으로, 삶에 무한한 긍정의 힘을 불어넣어 준 사상이다.

2. 빗속 랄릿푸르 파탄 더르바르 광장을 거닐며

아침에 느긋하게 일어나 호텔 정원을 둘러본다. 윤도인 선생이 아침 해를 바라보며 기 수련을 하고 있다. 우아하면서도 진지한 동작이 묘하게 아름답다. 모처럼 가볍고 여유로운 아침이다. 조식은 레스토랑에서 샐러드와 콘플레이크 탄 우유와 요거트, 블랙커피 한 잔이다. 만족한다. 에린이랑 손잡고 정원을 천천히 거닌다. 헐랭이 바지에, 맨발 슬리퍼 차림으로. 장난기가 발동해 다리를 한쪽씩 쑥 내밀고 사진을 찍는다. 지금까지 이런 다리는 없었다. 이 다리가 EBC를 오른 다리인가! 배를 잡고 웃는다. 깔끔하고 곱게 조성된 정원 산책로. 아, 유유자적이란 이런 거구나. 즐겁고 평온하다. 정원수에 설치해 놓은 해먹에 무장 해제하고 드러누워 아침 하늘을 느긋하게 바라본다. 또 다른 세상에 내가 있다.

오늘은 트레커가 아니고 관광객이다. 먼저 카트만두 보다나트 스투파 광장 투어에 나선다. 광장 한가운데에 있는 거대한 스투파— 불탑 —를 중심으로 둥그렇게 인도(人道)가 형성되어 있다. 스투파의 푸른 눈 붓다가 나를 지긋이 응시하고 탑 꼭대기에서 아래로 내걸린 수십 개의 오색 룽다가 만국기처럼 펄럭이며 나를 환대한다. 멀리서 온 이방인을, EBC와 칼라파타르 등정을 무사히 마치고 온 트레커를, 나 홀로 부디스트인 나를 따뜻하게 맞아준다. 광장은 현지인과 관광객으로 발 디딜 틈이 없다. 신께 소원을 비는 수백 개의 촛불을 따라서 흔들리며 타오르는 수많은 사연과 소망들. 그 사연과 소망이 헛된 것이든 아니든 기도하는 순간만은 참으로 간절하고 진지하다. 초와 향 연기가 먼지와 뒤섞여 공기가 뿌옇고 매캐하다.

 달리는 차에서 보니, 인도의 전신주가 기울어져 있다. 수백 가닥의 전선이 헝클어져 엉망진창으로 꼬여있는 전신주. 인간의 탐진치(貪瞋痴) — 탐욕과 성냄과 어리석음 — 삼독(三毒)을 여실히 드러내는 것 같아서 착잡하다. 점심은 카트만두에 거주하는 한인 식당에서 먹는다. 한식당 여주인이 우리를 일가친척 만난 듯 반가워한다. 고국과 동포가 몹시 그리웠나 보다. 푸짐한 양의 삼겹살과 상추쌈을 내놓는다. 역시 한국을 대표하는 환상적인 맛이다. 시원한 된장국에 정점을 찍는 막걸리 한 잔까지. 훌륭하고 완벽한 점심이다. 밖에 비가 내리기 시작한다. 또 술판을 거나하게 벌인 자들. 비도 오고 일전에 파탄 관광을 한 적 있으니 그냥 여기 있으면 안 되냐 한다. 현지인 가이드 못 들은 척한다. 정중하게 다음 일정인 파탄을 간단히 소개하며 출발하자 한다. 주당 무리 마지못해 따라 나온다. 어처구니가 없다.

문화와 종교, 예술과 역사의 도시인 랄릿푸르 파탄. 파탄은 카트만두와 박타푸르와 더불어 과거 네팔의 3대 왕국 중 하나다. 카트만두에서 5㎞ 정도 떨어져 있어서 금방 파탄 더르바르 광장에 도착한다. 판초에 우산을 받쳐 쓰고 파탄 더르바르— 왕궁의 뜰 — 광장을 둘러본다. 도시 전체가 유네스코 문화재다. 2015년 지진으로 무너진 건축물을 아직도 보수하고 있다. 부패한 정치인들이 자기 주머니 챙기기에 바쁘다 보니 문화재 복구는 더디기 짝이 없다. 그럼에도 불구하고 네팔인들은 미소를 잃지 않고 자족하면서 살아간다.

붉은 벽돌 사원과 거대한 탑들이 인상적이다. 비둘기 떼와 현지인과 이방인이 뒤섞인 광장에 비가 추적추적 내리고 있다. 혼란과 질서가, 소란과 평화가 공존하는 공간. 광장의 우뚝 솟은 탑 위에 왕궁 쪽을 바라보며 간절히 기도하는 왕족의 조각상이 있다. 파탄 왕국이 영원불멸하기를 기원한 걸까! 무상(無常)하다. 궁전 입구에는 해태같이 생긴 커다란 동물 조각상이 왕궁 입구를 지키고 있다. 우리나라 사찰의 사천왕처럼 왕궁에 잡귀가 들어가는 걸 막고 있나 보다. 왕궁 안뜰로 들어간다.

먼저 왕궁 안에 있는 쿠마리 하우스에 방문한다. 쿠마리[44]는 네팔 민간에서 살아 있는 여신으로, 숭배의 대상이다. 신발을 벗고 위층으로 올라간다. 키메라처럼 짙은 눈화장을 한, 야위고 창백한 여자아이 쿠마리가 큰 의자에 음전하게 앉아있다. 가이드가 시키는 대로 맨발로 앞에 다가가서 절을 한다. 쿠마리가 내 머리에 손을 얹으며 축복해 준다. 말없이 물러나서 도네이션하고 나온다. 참으로 특이한 네팔 토속 신앙이다. 쿠마리는 매우 까다롭게 선발되며, 스스로 걷거나 함부로 말을 해서도 안

된다고 한다. 최근에는 쿠마리 제도가 아동의 인권 침해라고 보는 시각이 있어, 어린 쿠마리를 학교에 보내거나 개인 교습을 시켜주기도 한단다. 어린 여자아이의 평탄치 않은 삶을 생각하니 안쓰럽다. 돌아 나오는 발걸음이 가볍지 않다.

정사각형 형태의 건축물 가운데 넓은 뜰. 휘황찬란한 장식을 한 왕실 목욕탕과 그 앞에 평상처럼 너른 석단 가운데 원숭이 조각상이 있다. 왕궁의 사원은 힌두교와 불교가 융합된 건축물이다. 건축 처마나 난간, 나무 기둥에

44　쿠마리는 네팔어로 순결한 처녀를 뜻한다.

새겨진 힌두교의 다양한 신들 조각상은 정교함과 화려함의 극치다. 놀라움을 금할 수 없다. 사원 입구 양쪽에 무릎 꿇고 앉은 코끼리 석상도 인상적이다. 왕궁 안 전시관에서 본 파탄 왕국의 온갖 기막힌 유물들. 수박 겉핥듯 보면서 지나가도 끝없이 펼쳐져 있다. 과연 문화와 예술은 시간의 흐름 속에서 계속 발전해 나가는 걸까? 의문이다.

전시관을 나온다. 무례한 종자가 또 말 같잖은 소리를 하며 현지 가이드 속을 긁는다. 자기는 전에 와서 봤으니 설명 길게 할 필요가 없다고 한다. 나라 망신 혼자 다 시키고 있다. 그럼 왜 왔냐고! 최소한 다른 사람에게 방해는 되지 말아야지. 현지 가이드 보기 부끄럽다. 인간은 잘 안 변한다. 보통 사람으로 살아가는 것도 쉽지 않음을 이번 여행에서 실감한다. 거듭 감사하다. 저런 자가 가족이나 지인이 아니어서.

출국 준비를 해야 하므로 공항 근처에 있는 인도 음식 전문 레스토랑에서 좀 이른 저녁을 먹는다. 다양한 커리와 치킨과 난과 와인. 네팔 카트만두에서의 마지막 식사다. 야외 베란다에 놓인 예쁜 의자에 편안히 앉아서 에린과 다정하게 마지막 기념사진을 찍는다. 어리지만 강단진 나의 길벗과 손을 꼭 잡고 웃는다. 차트라와 트리부반 공항 밖에서 이별한다. 그가 얼마나 고생했는지, 그가 얼마나 살뜰하게 우릴 챙겼는지 알기에 말없이 그를 꼭 안아준다. 짧은 작별 인사를 한다. 서로 말하지 않아도 안다. 참 고맙고 소중한 인연이라는 걸. 지금도 에린을 통해서 안부를 묻곤 한다.

집을 부치고 출국 수속을 마치고 여유 시간에 공항 면세점에 루피 떨이 쇼핑을 한다. 면세점에서 이번 네팔 여행을 기념할 만한 면티 두 장을 사니 남은 루피가 똑 떨어진다. 면티 한 장 값이 우리 돈 오천 원 정도다. 가성비 짱이다. 하나는 파란색에 검은 야크 그림이, 다른 하나는 회색에 오색 룽다 그림이 그려진 티다. 마음에 쏙 든다. 지금도 집에서 편하게 입고 있다. 가성비가 가격을 낮추는 것이 아니라 가치를 올리는 것이라더니 맞는 말이다.[45] 에린도 맘에 드는 티를 골랐다. 둘이 또 어린애가 되어 까불거리며 깨춤을 춘다.

저녁 7시 20분 발 카트만두에서 출발해서 인천을 향해 밤새 날아간다. 비행시간은 약 6시간 10분 정도라지만 3시간 15분의 시차 때문에 새벽 5시가 다 되어서 인천공항에 도착한다. 에린과 웃으면서 헤어진다. 지금도 서로 안

---

45 박정부 『천 원을 경영하라』 중 김난도 교수 말을 재인용했다.

부를 전하며 당찬 서울 딸과 정 많은 부산 엄마로 지낸다. 인천에서 바로 김해공항으로 환승해서 편안하게 온다. 변함없는 반쪽 그대가 나를 마중하러 공항 입국장 입구에 서있다.

간절한 동경의 마음을 담아 쿰부 히말라야 설산 길 위[46]에서 온 힘을 다해 활시위를 당겼다. 위버멘쉬를 그리워하며 힘껏 쏘아 올린 화살. 그 화살이 내가 그리던 초인 가까이 닿기는 했을까! 겁은 많으면서도 무모한 나. 팔심과 악력이 부족하고 다리 힘도 부실하며 발 모양도 온전치 못한 나. 그런 내가 쏜 화살이니 멀리 날아가지는 못했다. 그럼에도 불구하고 떨어진 화살을 찾아내서 또다시 인내하며 쉼 없이 활시위를 당길 것이다. 내가 가진 가장 큰 힘인 끈기와 꾸준함으로. 주운 화살을 챙겨 어깨에 둘러메고 반쪽인 마니 주야 손을 잡고 다시 집으로 돌아간다.

03. 31. 금 ~ 04. 01. 토

46   트레킹 전문 여행사 혜초의 쿰부 히말라야 일정표 속에 게재된 EBC 지도다.